汉译世界文学名著丛书

地下室手记

〔俄〕陀思妥耶夫斯基 著

刘文飞 译

Фёдор Михайлович Достоевский
ЗАПИСКИ ИЗ ПОДПОЛЬЯ

汉译世界文学名著丛书
出版说明

1902年,我馆筹组编译所之初,即广邀名家,如梁启超、林纾等,翻译出版外国文学名著,风靡一时;其后策划多种文学翻译系列丛书,如"说部丛书""林译小说丛书""世界文学名著""英汉对照名家小说选"等,接踵刊行,影响甚巨。从此,文学翻译成为我馆不可或缺的出版方向,百余年来,未尝间断。2021年,正值"汉译世界学术名著丛书"出版40周年之际,我馆规划出版"汉译世界文学名著丛书",赓续传统,立足当下,面向未来,为读者系统提供世界文学佳作。

本丛书的出版主旨,大凡有三:一是不论作品所出的民族、区域、国家、语言,不论体裁所属之诗歌、小说、戏剧、散文、传记,只要是历史上确有定评的经典,皆在本丛书收录之列,力求名作无遗,诸体皆备;二是不论译者的背景、资历、出身、年龄,只要其翻译质量合乎我馆要求,皆在本丛书收录之列,力求译笔精当,抉发文心;三是不论需要何种付出,我馆必以一贯之定力与努力,长期经营,积以时日,力求成就一套完整呈现世界文学经典全貌的汉译精品丛书。我们衷心期待各界朋友推荐佳作,携稿来归,批评指教,共襄盛举。

商务印书馆编辑部
2021年8月

"地下室"与"地下室人"
代译序

一

《地下室手记》首次发表于陀思妥耶夫斯基与他哥哥合办的《时世》杂志1864年第1、2期和第4期，但这部作品的构思可能始于1862年末，在陀思妥耶夫斯基当时写下的笔记中就有《地下室手记》主人公后来那段著名独白，即人类生活不可能建立在"理性基础"之上。在比《地下室手记》早一年发表的特写《冬天记的夏天印象》中，也可以看到一些与《地下室手记》的叙述者和主人公相近的观点和说法。起初，陀思妥耶夫斯基把《地下室手记》构思为一部长篇小说，题为《忏悔录》，在1862年第12期和1863年第1期的《时世》上曾发布预告，称即将刊出陀思妥耶夫斯基的长篇新作《忏悔录》。当《地下室手记》第一部分在《时世》杂志发表时，作者仍称其为一部大型作品的一个部分；但在发表第二部分时，作者显然已放弃原先计划，将《地下室手记》当成一部完整的中篇小说，作者在这部作品的结尾写道："不过，这位奇谈怪论者的《手记》至此仍未结束。他没有停下，还在继续地写。但是我们却认为，可以在这里打住了。"

陀思妥耶夫斯基是一位高产作家，他有些作品写得很快，如长篇小说《赌徒》的写作仅用了二十六天（当然这是一种"赌徒式"写作，为了对付出版商的苛刻合同，也是在女速记员、作家后来的妻子安娜·斯尼特金娜的帮助下写成的），可《地下室手记》这部译成中文仅十万余字的中篇，陀思妥耶夫斯基却写得很苦。写作这部小说期间，他多次在给哥哥的信中发出抱怨："不瞒你说，我的写作进展不顺。我突然开始不喜欢这部小说了。这都是我自己弄的。将来会怎么样，我也不知道。"（1864年2月9日）"这部小说的写作比我设想的要困难得多。不过，必须将它写好，我自己需要这样。"（1864年3月20日）

《地下室手记》的写作"进展不顺"，是因为写作这部作品时的陀思妥耶夫斯基焦头烂额，心力交瘁。1859年，结束流放生活的陀思妥耶夫斯基终于获准返回彼得堡，他与哥哥合办的杂志《时代》获得可观收益，他也以《死屋手记》（1860—1862）和《被侮辱的与被损害的》（1861）两部作品重新享誉文坛。可在此之后，他的生活和创作境遇却急转而下。《地下室手记》第一部分的写作主要在1864年1—2月间进行，此时，陀思妥耶夫斯基从彼得堡来到莫斯科。因为之前已与他分居的妻子玛丽娅·德米特里耶夫娜身染重病，奄奄一息，《地下室手记》的部分篇章是陀思妥耶夫斯基在妻子的病榻旁构思和写作的。1864年4月15日，玛丽娅·德米特里耶夫娜去世，小说第二部分的写作因此耽搁，原计划连载该小说的《时世》杂志1864年第3期刊出启事,称《地下室手记》第二部分将延期发表。小说第二部分后刊于《时世》1864年第4期,这表明《地下室手记》的结尾部分是陀思妥耶夫斯基在安葬妻子的同时写成的。与此同时,还有两个因素强化了陀思妥耶夫斯基写作《地下室手记》时的紧张情绪:一是与"魔女"波丽娜·苏斯洛娃的恋情,苏斯洛娃在与陀思妥耶夫斯基闹翻后远走巴黎,陀思妥耶夫斯基在1863年8月曾追到巴黎与苏斯洛娃相会,两人再次不欢而散,却一直保持通信,这场既痛苦又热烈的爱情始终伴随着写作《地下室手记》时的陀思妥耶夫斯基;二是书刊审查机构给陀思妥耶夫斯基的写作造成的压力,连载《地下室手记》的《时世》杂志是陀思妥耶夫斯基兄弟在他们的《时代》杂志被无故查封后为了谋生而重新创办的,他们自然办得小心翼翼,可《地下室手记》第一部分在刊出之前仍遭到书刊审查官的粗暴删改,这无疑会对陀思妥耶夫斯基的写作心境产生强烈影响。陀思妥耶夫斯基本人以及妻子和哥哥的疾病,他与苏斯洛娃的病态爱情,再加上《时世》杂志的负债经营和书刊审查制度的如影随形,这些因素就像是一堵堵厚墙,构成一个逼仄的写作空间。《地下室手记》写的是地下室,而写作《地下室手记》时的陀思妥耶夫斯基仿佛也置身于社会生活和个人生活的地下室。这部作品阴暗的场景和压抑的调性,既是小说的主题和内容的自然投射,也是作者在写作这部作品时的"地下室处境"的真实体现,是作家当时生活感受和心理体验的外化。

二

《地下室手记》写的是一位终日生活在地下室里的彼得堡小官吏的思绪和故事。小说的第一人称主人公做过八等文官，年龄四十岁，自幼饱读诗书，喜欢沉湎于思考和幻想，但他虚荣且孤傲，在工作和生活中处处碰壁，一事无成，在得到一位远亲去世后留给他的一笔不大的遗产（六千卢布）之后，他便辞去工作，躲进地下室，过着几乎与世隔绝的生活。他没有能力改变自己的生活状态，改变周围的环境，但他内心里却又是一个骄傲的自我中心主义者；他否定各种社会理想和道德原则，主张绝对的个性自由，但在生活中却又谨小慎微，卑微胆怯；他自称他成不了任何一种人，既不是小人也不是君子，既不是英雄也不是昆虫；他嘲笑崇高和美，鄙视人人趋之若鹜的利益和享乐，认为内心的真正自由才是人最应该珍视、最应该追求的；他最不能忍受"二二得四"这样一种颠扑不破的真理和公式，认为"二二得五"有时也是很可爱的东西。在小说第二部分，"地下室人"追忆他二十四岁时遭遇的几件事情：在台球厅，他被一名军官像挪一件东西一样给挪到了一旁，他试图在涅瓦大街上迎面撞击一下这名军官，但这样的报复却屡屡失败。他硬挤进几位老同学的聚会，却因为穷酸迂腐遭到奚落和冷落。他学着同学的做派走进妓院，遇见妓女丽莎，他在恶毒对待对方之后又开始给对方上课，进行道德说教，使丽莎觉得他"像是在背书"。他把地址留给丽莎，可等丽莎三天后来找他的时候，他又用话语侮辱丽莎，丽莎站起身来夺门而去，把他塞到她手里的那张皱巴巴的五卢布纸币扔在桌子上。

作为《地下室手记》主要情节发生地的"地下室"（подполье），无疑是一个具有多重象征意义的小说叙事空间。首先，这是对不合理的社会结构的影射。"地下室人"生活其间的恶劣环境固然是他自己脱离现实的生活态度之结果，但归根结底这也是他所处的时代和社会的产物。《地下室手记》与陀思妥耶夫斯基的成名作《穷人》有一异曲同工之处，即对"小人物"的深切悲悯，而这种关切底层的社会立场又是十九世纪俄国批判现实主义文学的基本取向之一。成名后的陀思妥耶夫斯基曾说："我们全都来自《外套》。"始自果戈理的中篇小说《外套》的俄国文学的人道主义传统的确源远流长，在陀思妥耶夫斯基结束流放、思想转变之后的创作中依然留有深刻痕迹。《地下室手记》中"地下室"与"巴黎饭店"构成的对照，依然是十九世纪俄国作家热衷的阶层对立话题之继续。所谓"朱门酒肉臭，路有冻死骨"，"地下室"就是社会"底层"的具体象征。而且，生活在"地下室"里的是有思想的善人，而在巴黎饭店里花天酒地的却是愚蠢的坏人，社会的不公正和不合理于是得到凸显和强化。俄国当代作家索罗金曾说，十九世纪俄国文学的基本命题即"人是好的，环境却是恶的"，由此产生出人与恶劣的环境，即不合理的社会现实之冲突,而"地下室"就是这种不合理的社会现实的具象体现之一。

其次,"地下室"也是"地下室人"作茧自缚的结果。在陀思妥耶夫斯基看来,"地下室人"不仅是社会不公的受害者,也是当时流行的不合理的社会思想的牺牲品。《地下室手记》发表于1864年,小说中,四十岁的"地下室人"在回忆他二十四岁时的往事,换算一下便可得知,他那些往事发生在1848年,即欧洲大革命时期。这个时间节点一定是陀思妥耶夫斯基有意设定的,因为在十九世纪六十年代思想趋于保守之后,陀思妥耶夫斯基不仅对自己年轻时的"革命激情"进行深刻反省,同时也加入了十九世纪六十年代俄国保守阵营对十九世纪四十年代俄国唯理论和唯物论世界观以及虚无主义思潮的清算,这也就是由屠格涅夫的《父与子》(1862)所再现、所引发的俄国文学界和思想界的"父与子之争"。"地下室人"被陀思妥耶夫斯基视为十九世纪四十年代各种源自西方的有害思想的产儿,他思想大于行动,理性大于生活,个人大于社会,幻想大于现实,最终步入思想的死胡同,用各种不切实际的理论和意识为自己构建了一个封闭的牢笼,正如他自己在小说中所言:"我那时在心灵里就已有了一个地下室。"

再次,"地下室"是对作为社会乌托邦理想之象征的"水晶宫"的解构。陀思妥耶夫斯基写作《地下室手记》的动机之一,就是与车尔尼雪夫斯基的小说《怎么办?》(1863)展开思想争论。在十九世纪六十年代的俄国社会思想界,陀思妥耶夫斯基和车尔尼雪夫斯基分别被视为保守派和激进派的代表人物，他们两人的思想立场在很多方面均针锋相对。在《地下室手记》中，被"地下室人"作为攻击对象的许多理论观点都源自车尔尼雪夫斯基及其门徒，如"合理的利己主义"、社会普遍幸福论和空想社会主义学说等。在《冬天记的夏天印象》中，陀思妥耶夫斯基写到他在伦敦海德公园水晶宫参观世界工业博览会时感受到的震撼，他因资本主义工业化的力量、人类生活的极端理性化以及人相对于机器的被动和渺小而深感不安，既钦佩又恐惧。如今，这座水晶宫又出现在车尔尼雪夫斯基的小说《怎么办？》中，出现在女主人公薇拉的"第四个梦"中，象征着"人人为我，我为人人"的社会主义理想的实现。这种"蚁冢式的"水晶宫让陀思妥耶夫斯基心生另一种恐惧，即恐惧趋同和一致，担忧个性自由的丧失和个人权利的让渡。于是，他让"地下室人"发出这样的怨诉：

> 你们相信那座永远不能摧毁的水晶宫大厦，亦即那种既不能偷偷地向它伸舌头，也不能暗暗地向它做侮辱性手势的东西。可我却害怕这样的大厦，也许因为它是水晶的，是永远不能摧毁的，也许因为甚至不能偷偷地向它伸舌头。
>
> 你们知道吗？如果没有那宫殿而有个鸡窝，而天上正好下起了雨，我也许会钻进鸡窝避雨，但是，我却

ix

不会因感激鸡窝而将它视为宫殿。你们在笑,你们甚至说,在这种情况下,鸡窝和宫殿是一码事。我回答道,是一码事,如果活着仅仅是为了不被雨淋湿的话。

波兰历史学家瓦利茨基注意到了"地下室"与"水晶宫"的对峙,他在其《俄国思想史》中论及陀思妥耶夫斯基时便以《"水晶宫"与"黑暗的地下室"》为题命名其中一节,并指出:"在其《地下室手记》中,陀思妥耶夫斯基试图表达一种近乎弗洛伊德式的思想,即在人类意识'黑暗的地下室'中蛰伏着种种非理性的恶魔力量,它们往往会在一个由非理性精神纽带把控的社会得到升华,但它们很可能会奋起反抗基于'合理的利己主义'的文明。""水晶宫"的透明、挺拔和辉煌,与"地下室"的阴暗、封闭和简陋构成鲜明对比,但在陀思妥耶夫斯基看来,由于"水晶宫"里没有苦难和怀疑,没有个性和选择,"甚至不能偷偷地向它伸舌头",因此"地下室人"就有权利坚守在他的"地下室"里。

最后,"地下室"更是关于人类生存环境的现代隐喻。"地下室人"的处境,也就是我们每个人的处境,至少是我们每个人在某一时刻会遭遇的处境。"地下室"凸显了人类存在面临的一个基本矛盾,即无限的意识和思想与有限的时空和环境的冲突,也暗示着人类个体常会体验到的一种悖论,即意识和思想赋予一个人以自由,但意识越是强烈,思想越是深刻,这个人便会越强烈地感觉到他的不自由,感受到环境的压迫。就这一意义而言，我们置身其间的任何一个空间都构成一种束缚，都是"地下室"，甚至连整个地球都是一间"地下室"。而且，"地下室"不仅无处不在，还各式各样：有物理的也有心理的，有社会的也有个人的，有客观的也有主观的，有具体的也有无形的。甚至可以说，"地下室"就是存在本身。

陀思妥耶夫斯基写"地下室"，原本可能是想把"地下室"写成但丁笔下的"炼狱"，写成救赎的必由之路，因为他曾想让"地下室人"出面论证"需要信仰和基督"。可是，当时的书刊审查官在审读《地下室手记》时却恰恰把这一"光明"成分删去了，气得陀思妥耶夫斯基在给哥哥的信中破口大骂："有什么办法呢？这些猪猡审查官，我对一切进行嘲弄、为了做样子而时有亵渎上帝的那些地方，他们放过了，而我据之得出需要信仰和基督之结论的那些地方，却被删除了。"（1864年3月26日）值得注意的是，陀思妥耶夫斯基后来本有机会把被"误删"的内容再补充进来，可他却始终未做任何修改，他或许也意识到，让"地下室人"心存步出"地下室"的希望，反而有可能削弱"地下室"这一意象乃至《地下室手记》这整部小说的复杂性和丰富性。于是，我们发现"地下室人"在小说中先后喊出了这样两句相互矛盾的口号："地下室万岁！""让地下室见鬼去吧！"

三

巴赫金在其《陀思妥耶夫斯基诗学问题》(1929；1963)一书中将陀思妥耶夫斯基的小说定义为"复调小说"，他在书中以"地下室人"为例，详细分析了"地下室人"与其想象中的读者之间、这位主人公与其作者陀思妥耶夫斯基之间乃至"地下室人"自己脑海中不同声音之间的"对话"关系。巴赫金强调，这种无处不在的"对话性""不仅是'地下室人'自我意识的性格特征，同时也是作者塑造这一形象的主导原则"（见该书第二章《陀思妥耶夫斯基创作中的主人公以及作者对主人公的立场》）。其实，《地下室手记》的对话性不仅是陀思妥耶夫斯基的人物形象塑造原则，也是他这部小说的整体构建原则。

《地下室手记》由两部分构成，第一部分《地下室》有十一个章节，自始至终全都是"地下室人"的独白，第二部分《由于湿雪》有十个章节，是主人公对于自己二十四岁时的几桩往事的回忆。在小说的开篇，"地下室人"就劈头盖脸地对读者说道：

> 我是个病人……我是个凶狠的人。我是个不讨人喜欢的人。我想，我的肝脏有病。但是，我丝毫不懂得我的病情，我确实不知道我有病。我不去治病，也从未去治过病，虽说我是尊重医学和医生的。再说，我还极其

迷信，当然，我还没有迷信到不尊重医学的地步（我受过足够的教育能让我不迷信，可我还是迷信）。不，我是因赌气而不愿去治病的。你们也许不愿意了解这一点，我却是明白的。自然，我无法向你们解释清楚，我这是在和谁赌气；我也一清二楚，我不去医生们那里决不会使得他们"难堪"；我比谁都清楚，我这样做，只会害自己，而不会殃及他人。但是，如果说我没有去治病，这毕竟是在赌气。肝脏在痛，那么，就让它痛得更厉害些吧！

小说前半部分通篇都是这样一种挑衅的语言、这样一种愤恨的语气，"地下室人"用这样的语言和语气与读者对话，或者说是在自问自答。但是到了小说后半部分，主人公的叙事调性却发生了很大改变，滔滔不绝的哲理独白中突然插入几个戏谑的轻喜剧场景，如涅瓦大街上试图撞击军官的报复行为、主人公在巴黎饭店餐厅的狭小空间里来回踱步三小时、丽莎的突然造访恰逢他对仆人阿波罗大发雷霆等。不过，这种轻喜剧风格最终演变为一场悲剧，就像陀思妥耶夫斯基在构思这部小说时所预料的那样："第一部分像是闲扯，但这闲扯在接下来的两章里（陀思妥耶夫斯基原打算写三章。——引者按）将会突然变成一场出人意料的灾难。"（1864年4月13日致哥哥的信）但无论是第一部分的自虐式独白，还是第二部分的悲喜剧，其情节推进都同样是紧张的，充满压迫感。

xiii

《地下室手记》的上、下两部分别戏仿了当时的两部俄国文学作品：一是车尔尼雪夫斯基的小说《怎么办？》，一是涅克拉索夫的诗作《"当我用热情的规劝……"》(1846)。前文言及，陀思妥耶夫斯基试图用"地下室"解构"水晶宫"，除此之外，他也在用"地下室人"解构车尔尼雪夫斯基笔下的"新人"，用非理性的自由意识解构车尔尼雪夫斯基的"合理的利己主义"，甚至连小说中迎面撞人的复仇手段也是对《怎么办？》中一个细节的戏仿。在第二部分开头，陀思妥耶夫斯基把涅克拉索夫的上述诗作用作题词，但仅引用了原诗三十行中的前十四行，然后加上"等等，等等，等等"字样，嘲讽的意味十分明显。陀思妥耶夫斯基戏仿这两部分别发表于十九世纪六十年代和四十年代的作品，意在对这两个时代的俄国社会思潮，即十九世纪四十年代多愁善感的伪浪漫主义和唯理论的唯物主义以及十九世纪六十年代的社会乌托邦理想和决定论的虚无主义进行反思，这两个部分相互呼应，分别针对十九世纪俄国知识分子思想发展史上的两个阶段。陀思妥耶夫斯基试图用这样的互文性戏仿来说明"地下室人"正是这些"西方理论"的牺牲品，但悖论的是，他的这些反思和反省却又是假借"地下室人"的名义进行的。

《地下室手记》的第一部分是"地下室人"的独角戏，而第二部分却是他与其他角色，如军官、同学、仆人和丽莎等之间的对手戏。在这些对手戏中，"地下室人"与妓女丽莎这两个角色之间的对话性尤其突出。在小说中，丽莎代表"活生生的生活"，"地下室人"则代表"书面的生活"，他们两者之间的冲突最后以女主人公的精神胜利而结束。面对肉体堕落的丽莎，"地下室人"起初扮演着精神拯救者的角色，而在他俩第二次见面时，拯救者与被拯救者的角色却倒换了，肉体上的堕落者丽莎最终成了精神上的拯救者。这样一种男女主人公的关系后在《罪与罚》中拉斯柯尔尼科夫和索尼娅的关系中得以再现和深化。丽莎以胜利者的姿态离去的场景构成一个高潮，托多罗夫因此在其《修辞的种类》（1978）一书中对《地下室手记》进行分析时指出，正是为了凸显这唯一的高潮，陀思妥耶夫斯基才放弃恢复被书刊审查官删去的第一部分的第一个高潮，即对"需要信仰和基督"的论证。究竟是一个高潮更好还是两个高潮更好，这是一个见仁见智的问题，但托多罗夫无疑敏锐地感觉到了《地下室手记》两个部分在结构上的呼应关系。

《地下室手记》的两个部分在很多方面均截然相对：就体裁和风格而言，一为哲理性的独白，一为漫画式的悲喜剧；就故事和场景而言，一写主人公的独处，一写他的"社会活动"；就主题和内容而言，它们分别反思了俄国知识分子思想史中的两个时代。这两个部分之间紧张的对话关系与人物之间、意识之间的对话关系相互纠缠，使整部小说抱合为一个紧密的整体，再加上密实的文体和紧张的叙事调性，共同组合出一种似乎让人透不过气来的"地下室氛围"。

四

《地下室手记》塑造出了俄国文学中一个不朽的文学形象，即"地下室人"（Подпольный），作品中这位无名无姓的人物却成功步入了世界著名文学主人公的行列。五卷本《陀思妥耶夫斯基传》的作者约瑟夫·弗兰克写道："'地下室人'这一概念已进入当代文化的词汇表，这一人物如今像哈姆雷特、堂吉诃德、唐璜和浮士德一样达到了伟大文学原创人物的高度。"而"地下室人"形象的"原创性"，既在于其对十九世纪俄国文学中传统的"多余人"形象的继承和颠覆，也在于其对二十世纪世界文学中"现代人"心理的披露和表白；既在于这一形象自身的复杂性和多面性，也在于对这一形象不断深化的理解和阐释。

在陀思妥耶夫斯基的创作中，"地下室人"形象的出现并不让人感觉突兀，因为在他之前的作品中就有与之相似的角色，如《双重人格》的主人公戈里亚德金、《斯捷潘奇科沃村及其居民》的主人公福马·奥皮斯金和《一件糟糕的事》的主人公姆列科皮塔耶夫等，他们均与"地下室人"有着同样的心理特征和性格逻辑，他们都自怨自艾、愤世嫉俗，也都时运不济、生活潦倒。尤其是戈里亚德金，他似乎就是"地下室人"的"双重人格"，他们像是一对双胞胎。值得注意的是，陀思妥耶夫斯基甚至让这两个人物做了"同事"，在同一个单位上班，因为这两个人物的上司居然都是那位名叫安东·安东诺维奇·谢托奇金的小科长。在陀思妥耶夫斯基写于《地下室手记》之后的作品中,"地下室人"性格也在其他一些小说人物的身上得到再现,如《罪与罚》中拉斯科尔尼科夫实现自我价值的强烈愿望、《赌徒》中阿列克谢孤注一掷的激情以及《卡拉马佐夫兄弟》中伊万·卡拉马佐夫关于自由意志的长篇大论等。可以说,"地下室人"是陀思妥耶夫斯基创作中一个贯穿始终的形象,也是他倾注心血最多的一种人物类型。

陀思妥耶夫斯基塑造出了"地下室人",他也很迷恋"地下室人",因此,人们往往会把这一形象与陀思妥耶夫斯基本人联系起来,甚至等同起来。《地下室手记》用第一人称写成,这就使人更容易把这部小说中的"我"当成陀思妥耶夫斯基。俄国批评家米哈伊洛夫斯基在其专论陀思妥耶夫斯基的《残酷的天才》(1882)一书中辟出专章评论《地下室手记》,他认为"地下室人"的言行就是陀思妥耶夫斯基本人的"施虐倾向"之体现。毫无疑问,"地下室人"身上有着陀思妥耶夫斯基的某些性格特征,比如敏感、偏执和多疑;"地下室人"的思想和话语毕竟源自陀思妥耶夫斯基的笔端,自然也会显示出陀思妥耶夫斯基的思维方式和话语表达方式;小说中的一些素材,如关于学校生活的回忆等,也的确像是陀思妥耶夫斯基本人的生活经历。但是,若将"地下室人"视作陀思妥耶夫斯基的文学自画像,视为他的"第二自我",则无疑是一种简单、幼稚的文学解读。诚然,每一个作家笔下的文学主人公都程度不等地带有作家本人的印记，但任何一个文学主人公都不可能是其作者的等价物，否则就谈不上人物形象塑造上的典型性了。但"地下室人"这一形象的独特之处，就在于他是作者与其主人公的一个复杂的混成体，两者之间似乎你中有我，我中有你。陀思妥耶夫斯基无疑把他内心深处的某些最隐秘情感赋予了"地下室人"，把"地下室人"当成他的思想传声筒，与此同时我们又应该意识到，就整体而言，陀思妥耶夫斯基对于"地下室人"是嘲讽多于怜悯、批判重于欣赏。就陀思妥耶夫斯基与"地下室人"的关系而言，我们或许可以将"地下室人"视为陀思妥耶夫斯基的一幅"半自画像"。

在《地下室手记》的开头，更确切地说，在为小说第一部分《地下室》这个小标题所加的脚注中，陀思妥耶夫斯基给出了关于"地下室人"的一段说明："《手记》的作者和《手记》本身，自然都是杜撰出来的。然而，若是考虑到我们的社会赖以形成的那些环境，像《手记》作者这样的人不仅可能，而且甚至一定会存在于我们的社会。我欲以一种较平常更为醒目的方式将不久前的一个人物带至公众面前。这是尚且活着的一代人的一个代表。在这个题为《地下室》的片段里，这个人物将介绍他自己和他的观点，似乎还想对他出现和一定会出现在我们之中的原因进行解释。在随后的一个片段中，就将是这个人物关于他的某些生活事件的真正的'手记'了。"这段话很容易使我们联想到莱蒙托夫在《当代英雄》开篇给出的那段说明，这让我们意识到，陀思妥耶夫斯基也试图把"地下室人"写成一位"当代英雄"，即"活着的一代人的一个代表"。我们还记得，在《地下室手记》面世的1864年，"地下室人"的年纪是四十岁，他与出生于1821年的陀思妥耶夫斯基几乎同龄，是"同时代人"，陀思妥耶夫斯基试图对这个人物"出现在我们之中的原因进行解释"，其实就意在以这一人物的塑造来加入十九世纪六十年代俄国社会的思想论争。在陀思妥耶夫斯基的笔下，"地下室人"成为一个"新多余人"，他是普希金笔下的奥涅金、莱蒙托夫笔下的毕巧林、冈察洛夫笔下的奥勃洛摩夫、屠格涅夫笔下的罗亭等"多余人"的亲兄弟。与其前辈一样，"地下室人"失去与人民的联系，因此他在当时已持"土壤派"立场的陀思妥耶夫斯基看来是可悲的。在《冬天记的夏天印象》中，陀思妥耶夫斯基曾这样言及"多余人"："他们全都没能找到事业，一连两三代都没能找到。这是事实，面对这样的事实看来是没什么话好说的，但出于好奇可以提出一个问题，这就是，我无法理解，作为一个聪明人，他们居然在任何时候、任何情况下都无法找到自己的事业。"在关于《时世》杂志出版计划的一篇文章中，陀思妥耶夫斯基又写道："我们久久地呆坐着，无所事事，像是被一种可怕的力量迷惑住了。与此同时，我们的生活中却强烈地体现出了对生活的那种渴望。通过这一生活愿望，社会定能走上一条真正的道路，获得这样一个共识：不与人民相结合，社会就将一事无成。"在《地下室手记》中,"地下室人"并没有被称为"多余人",但在1865年为《时世》杂志所写的编辑说明中陀思妥耶夫斯基却写道:"我们看到,我们当今的一代正在消逝,在自动地、萎靡不振地、不留痕迹地消逝,他们用后人感到奇怪、难以置信的坦率自称为'多余人'。当然,我们谈的只是'多余人'中的佼佼者(因为,'多余人'中间也有佼佼者)。"这段话或许是在暗示,陀思妥耶夫斯基塑造"地下室人"的形象,其用意就在于揭示新的历史条件下"多余人"的一个新变种,"多余人"中的一位"佼佼者"。

"出色的多余人",这既是"地下室人"性格的矛盾性和复杂性之所在,也是这一形象的现代性之体现。陀思妥耶夫斯基用这一形象来揭示俄国社会盲目西化导致的恶果,来说明与俄国文化传统格格不入的各种西方思潮对不止一代俄国人的毒害;但与此同时,他也在这一形象中注入了现代意识,即强烈的个人意识和反叛精神。苏联学者贝姆认为,《地下室手记》这一题目可能取自普希金的小悲剧《吝啬的骑士》。在该剧第一场结尾,主人公阿尔伯决定去向大公控告其父的吝啬,他说道:"我主意已定,去向大公申诉,/让他强制父亲把我当成亲儿子,/而不是生在地下室里的一只耗子。"可以为这一假说提供支持的是,在《地下室手记》第一部分第三节,主人公曾将自己称为一只"有强烈意识的耗子"。有了自我意识的耗子就已不再是一只耗子,而成了一个个体、一种个性、一种有价值的存在,因此也就不再"多余"了。

"地下室人"性格极其矛盾，关于这一形象的双面性，有许多研究者给出过精彩的归纳：斯卡夫特莫夫称这一人物"既是原告，也是被告"；米哈伊洛夫斯基认为"地下室人""既是受虐者，也是施虐者"；古斯基称"这一角色既是控诉者，也是被控诉的对象"；而陀思妥耶夫斯基则在小说中让"地下室人"自称为"反主人公"（антигерой）。塑造出"地下室人"这样一个既复杂又现代的文学形象，陀思妥耶夫斯基是颇为自得的，他后来在1875年写道："我感到骄傲的是，我第一个写出了一个代表**俄国大多数**的真正的人，第一个揭露了他畸形的、悲剧的一面。悲剧就在于对畸形的意识……只有我一个人写出了地下室的悲剧性，这一悲剧性就在于苦难，在于自虐，在于意识到美好的东西却无能力去得到，更主要的是，在于这些不幸的人全都确信，所有人全都一样，因此也就没有改变的必要！""地下室人"的走投无路，既是关于整个人类存在窘境的一种隐喻，也是对人类在面对存在窘境时所持态度的一种质疑。

五

《地下室手记》是陀思妥耶夫斯基一生创作中最重要的作品之一，是一部承上启下的转折之作。一方面，这部中篇继承了陀思妥耶夫斯基早期创作的主题和风格，如对都市"小人物"生活的现实主义再现，对人与阴暗环境的对立之凸显，以及对小说主人公的"双重性格"的深刻剖析等；另一方面，这部小说所体现出的若干新特征，又使得人们把这部小说当作陀思妥耶夫斯基后期创作的开端，即他由此开始了所谓"思想小说"的创作时期。从这部小说起，作家更注重小说的社会哲理内涵，其主人公的心理也得到了越来越深刻的再现。更重要的是，如苏联学者恩格尔哈特所言，小说中的主要人物成了"思想家主人公"（герой-идеолог），即某种思想成了主人公，或者说主人公成了一种行走的思想。在形式方面，这部小说首次采用的以一个人物形象为中心的小说结构原则，后来也成为陀思妥耶夫斯基小说艺术结构的一大特征。思想家主人公及其与周围环境的对话原则，后来在陀思妥耶夫斯基的五部思想小说，即《罪与罚》《赌徒》《少年》《群魔》《卡拉马佐夫兄弟》中都得到了延续和发展。

《地下室手记》发表后，在当时的俄国文坛几乎没有引起任何反响，仅有萨尔蒂科夫-谢德林写了一篇评论，嘲讽"《手记》是借一个患病的、狠毒的雨燕的名义写下的"，"谈到了各种鸡毛蒜皮的琐事"。但是，在《罪与罚》于1866年发表之后，《地下室手记》却突然引起了批评界的广泛关注，这自然与当时俄国社会的思想论争相关。从此，《地下室手记》就成了陀思妥耶夫斯基作品中被关注最多的对象之一，成为解读陀思妥耶夫斯基笔下人物形象乃至陀思妥耶夫斯基本人思想的一道捷径。米哈伊洛夫斯基通过对这部作品的分析认定陀思妥耶夫斯基是一个"残酷的天才"；斯特拉霍夫认为陀思妥耶夫斯基的功绩就在于，"他窥见了地下室主人公的灵魂，并以敏锐的洞察力再现了这些精神动摇可能具有的各种形式，再现了由这种精神动摇所派生出的各种苦难"；罗扎诺夫认为，《地下室手记》表明陀思妥耶夫斯基意识到了人类灵魂非理性的深度，并暗示只有宗教才能帮助人们摆脱非理性意识及其社会后果；舍斯托夫认为，"地下室人"的一句名言，即"让世界毁灭吧，为了我能永远有茶喝"，表明陀思妥耶夫斯基已经接受了某种"超越善恶"的哲学；高尔基认为，他在《地下室手记》中看到了"一个完整的尼采"；而巴赫金，如前文所言，在《地下室手记》及其主人公的启发下建构了其对话理论和复调小说理论。甚至可以说，自十九世纪六十年代后期起，几乎所有俄国大作家和大思想家均对《地下室手记》做出过评论和解读。就这样，一方面，如法国作家纪德所言，《地下室手记》是陀思妥耶夫斯基"写作生涯的顶峰，是他的扛鼎之作，如果你们愿意，也可以说是打开他思想的一把钥匙"；另一方面，这部作品一直被视为一部思想小说，一部十九世纪中期的俄国思想史文本，围绕这部作品的争论，关于这部作品的阐释，自身也构成一道源远流长的思想史脉络。

在世界文学史的语境中看待《地下室手记》，人们普遍承认这部作品所蕴含的强烈的现代意义。首先，是这部小说对于人类的存在困境的先知般的揭示。如今，人们已越来越多地意识到，所谓"地下室"处境和"地下室人"意识，现代人或多或少都会遭遇到，由环境的压力而导致的深刻内省和性格异化，我们后来在卡夫卡的《变形记》等作品中又反复目睹，因此，陀思妥耶夫斯基这部小说及其主人公，也被视为世界范围内现代主义文学的先声。从形式上看，《地下室手记》的叙事方式，尤其是其中第一部分的叙事方式，已是地道的意识流手法，陀思妥耶夫斯基对这一方式的使用要比《尤利西斯》的作者乔伊斯早半个多世纪，一如《地下室手记》中对人的物化、人的动物化的描写和预警也要比卡夫卡的《变形记》早整整五十年。在《地下室手记》中，我们可以遇见许多后来在二十世纪世界现代主义文学中反复出现的意象，比如将人比作"昆虫"（насекомое）、"甲虫"（букашка）、"耗子"（мышь）、"苍蝇"（муха）、"琴键"（клавиша）和"抹布"（тряпка），将人的处境喻为"墙"（стена）、"蒸馏瓶"（реторта）和"鸡笼"（курятник），或是其反面对应物"水晶宫"（хрустальный дворец）和"蚁冢"（муравейник）等。一部薄薄的中篇小说，居然能为二十世纪现代派文学贡献出如此之多的思想资源和文学原型，这不能不令人赞叹。德国学者古斯基在他的德文版《陀思妥耶夫斯基传》中写道："如今，这部作品已然成为现代派的开山之作。从尼采、弗洛伊德、卡夫卡到加缪，从生存哲学到存在主义，都从中获得过灵感。"（强朝晖译文）弗兰克也因此感叹："几乎没有哪一部现代文学能比《地下室手记》更为广泛地被人们阅读，也极少有哪一部现代文学作品像《地下室手记》这样被经常作为能揭示我们这个时代隐秘的深层情感的重要文本而被引述。"

陀思妥耶夫斯基在创作伊始便立下这样的抱负:"人是一个谜。应当去解开这个谜,即便一辈子都在破解这个谜,你也不要说这是在浪费时间;我就在破解这个谜,因为我想成为一个人。"《地下室手记》无疑就是陀思妥耶夫斯基这样一部旨在破解人之谜的作品,而这部作品以及其中的"地下室"和"地下室人",反过来却又成为我们面对的文学之谜,我们在破解这些文学之谜的同时,或许也可以顺带破解我们的生活之谜和存在之谜。

目　录

第一章　地下室……………………………………1
第二章　由于湿雪…………………………………47

第一章
地下室[①]

一

我是个病人……我是个凶狠的人。我是个不讨人喜欢的人。我想，我的肝脏有病。但是，我丝毫不懂得我的病情，我确实不知道我有病。我不去治病，也从未去治过病，虽说我是尊重医学和医生的。再说，我还极其迷信，当然，我还没有迷信到不尊重医学的地步（我受过足够的教育能让我不迷信，可我还是迷信）。不，我是因赌气而不愿去治病的。你们也许不愿意了解这一点，我却是明白的。自然，我无法

[①]《手记》的作者和《手记》本身，自然都是杜撰出来的。然而，若是考虑到我们的社会赖以形成的那些环境，像《手记》作者这样的人不仅可能，而且甚至一定会存在于我们的社会。我欲以一种较平常更为醒目的方式将不久前的一个人物带至公众面前。这是尚且活着的一代人的一个代表。在这个题为《地下室》的片段里，这个人物将介绍他自己和他的观点，似乎还想对他出现和一定会出现在我们之中的原因进行解释。在随后的一个片段中，就将是这个人物关于他的某些生活事件的真正的"手记"了。——费奥多尔·陀思妥耶夫斯基注

向你们解释清楚，我这是在和谁赌气；我也一清二楚，我不去医生们那里决不会使得他们"难堪"；我比谁都清楚，我这样做，只会害自己，而不会殃及他人。但是，如果说我没有去治病，这毕竟是在赌气。肝脏在痛，那么，就让它痛得更厉害些吧！

我早就这样生活了，已有二十来年，如今我四十岁。我从前任过公职，如今却不再任职了。我曾是个凶狠的小官吏。我曾粗暴无礼，并因此感到愉快。要知道，我是不收受贿赂的，也许，单凭这一点，我就该奖励自己。（一句蹩脚的俏皮话，可我却不打算将它抹去。我把这句话写了出来，认为它一定会是非常好笑的；而此刻，我自己也已看出来了，我不过是在卑鄙地炫耀自己——可我偏不将它抹去！）每当有人走近我的办公桌请我开证明时，我就会对他们龇牙咧嘴，而当发现有人因此感到难受时，我便会获得一阵难以抑制的快感。我几乎每次都能获得这样的快感。大部分来的人都是胆怯的：明摆着嘛，他们都是来求人的。但是，在那些自命不凡的家伙中，有一位军官特别使我讨厌。他无论如何也不愿屈服，还极其可恶地把军刀弄得铿锵作响。就为了这把军刀，我和他斗了一年半。最终，我赢了。他不再弄出铿锵之声了。不过，这些事情都发生在我的青年时代。但是，先生们，你们知道我的恶毒之处主要是什么吗？全部都在于，最为可恶的一点就在于，我经常地，甚至是在最为愤怒的时刻，也会可耻地意识到，我不仅不恶毒，甚至还是一个凶不起来的人，我不过是在吓唬吓唬麻雀并以此自慰罢了。我满口白沫，但只要给我一个什么洋娃娃，或是给我一杯糖水，我也许就会安静下来，甚至会心软下来。虽说此后我也许会对自己龇牙咧嘴，还会羞愧得好几个月都睡不着觉。这就是我的脾气。

我说我曾是个凶狠的小官吏，我这是在说谎。我因赌气而说谎。我只是在和那些请求者，和那位军官闹着玩儿，事实上，我一直无法凶狠起来。我时刻意识到，自己身上有许多与凶狠截然对立的成分。我能感到，这些对立的成分正在我的体内蠢动。我知道，这些成分终生在我的体内蠢动，企图冲出我的身体，可是我不放它们出去，不放它们，故意不放它们出去。它们那么可耻地折磨我，弄得我浑身痉挛，它们简直让我厌恶，厌恶透顶！先生们，你们是否觉得，我马上就会在你们面前忏悔什么，就会求你们原谅什么了？……我相信你们觉得是这样……但请你们相信，即便你们觉得是这样，我反正无所谓……

我不仅不能成为凶狠的人，甚至也不能成为任何一种人：无论是凶狠的人还是善良的人，无论是无赖坏蛋还是正人君子，无论是英雄还是昆虫。如今，我在自己的角落里过日子，我用来自我解嘲的是这样一个恶毒的、毫无用处的宽慰：一个聪明人是无法真的成为一种什么样的人的，而能成为一种什么样的人的只有傻瓜。是啊，十九世纪的聪明人大多数应该是，而且就道德意义而言也必须是个无个性的人；而有个性的人、活动家,则大多是才智有限的人。这是我四十年来的信念。我如今四十岁,要知道,四十岁,这就是整整一辈子啊,要知道,这就是垂暮之年了。过了四十岁再活下去,就是不体面、庸俗和不道德的了!请你们老老实实回答:有谁活过了四十岁?我来告诉你们,只有傻瓜和恶棍才会活过四十岁。我就要这样说,冲着所有的老头儿,冲着所有这些可敬的老头儿,所有这些银发苍苍、散发着香味的老头儿这样说!我要冲着整个世界这样说!我有权这样说,因为我将活到六十岁。我要活到七十岁!我要一直活到八十岁!……等一等!让我喘口气……

先生们,也许,你们以为我是想逗你们发笑吧?你们又错了。我绝对不像你们认为或者你们可能认为的那样,是一个非常开心的人。但是,如果你们已经被这些废话所激怒(而我已经感觉到,你们被激怒了),想要问我到底是个什么样的人,那么,我就会回答你们,我是个八等文官。我曾供职,为的是有碗饭吃(仅仅为了这一目的)。去年,当我的一位远房亲戚立下遗嘱留给我六千卢布时,我便立即退职,在自己的角落里定居了。我以前也住在这个角落,但如今是在这儿定居。我的房间又破又脏,位于城市的边缘。我的女仆是个乡下女人,年纪很大,又蠢又凶,身上还总有一股难闻的气味。有人对我说,彼得堡的气候对我越来越有害了,还说我手头钱少,在彼得堡生活费用太昂贵了。这一切我都清楚，胜似那些经验丰富、聪明绝顶的点头示意的人①、出谋划策的人。但是我要留在彼得堡，我不会离开彼得堡！我之所以不会离开……唉，反正我离不离开，都完全无所谓。

然而，一位正派人谈什么事最最愉快呢？

答案是：谈自己的时候。

好吧，我也来谈谈自己。

二

先生们，无论你们是否愿意听，我现在都要对你们讲一讲，我为何甚至成不了一只昆虫。我要郑重地告诉你们，我曾有许多次想要成为一只昆虫。然而，甚至连这件事也未能做到。先生们，我向你们起誓，过多的意识就是一种病，一种真正的、十足的病。对于人的日常生活来说，具有普通人的意识就已足够足够了，也就是说，只需要具有我们这个倒霉的十九世纪中一个文明人意识的二分之一、四分之一就足够了，而且，这位文明人还极其不幸地居住在彼得堡这整个地球上最为抽象的、最为蓄意的城市②里。（城市通常分为蓄意和不蓄意的两种。）比如，有了那些所谓直来直去的人们和活动家们赖以生活的意识，就完全足够了。我敢打赌说，

---

① "点头示意的人"原文是"покиватель"，这是陀思耶夫斯基仿照民间词汇"киватель"构建出来的词，指以点头或递眼色向人示意的人。

② 陀思妥耶夫斯基后期颇不赞成彼得大帝改革，因此对彼得堡也常常用此类贬义的形容词。

你们一定以为，我写下这一切是出于炫耀，意在讽刺活动家们，而且，是出于卑劣的炫耀，我像我那位军官把军刀弄得铿锵作响一样。但是，先生们，有谁会炫耀自己的病态，并借此而耍威风呢？

不过，我又怎么啦？大家都在这么做嘛，大家都在炫耀自己的病态，而我也许比大家做得更厉害。我们不要争论，我的反驳是荒谬的。但是，我仍然坚信，不仅过多的意识是病，甚至任何的意识都是病。我坚信这一点。对此我们暂且不谈。请你们给我解释一下这样一个问题：为什么会有这种情形，就在我最能意识到我们常说的"一切美与崇高"[①]的所有微妙之处时，是的，恰好在这样的时刻，像是故意似的，我偏偏意识不到，反而做出了那样一些不光彩的事情，那样一些……好吧，一句话，就是那样一些也许人人都在做的事情，可轮到我做这些事的时候，像是故意似的，却偏偏是在我最清楚地意识到完全不该去做的时候，这是为什么呢？我越是意识到善和所有这一切"美与崇高"，便越深地陷入我的泥潭，越是难以自拔。但是，主要的问题却在于，在我的身上这一切似乎并不是偶然发生的，反倒像是理应如此的。似乎这便是我最正常的状态，而绝不是疾病，不是过失，因

---

① 这一概念源于十八世纪的一些美学著作，如埃德蒙·伯克的《关于我们崇高与美观念之根源的哲学探讨》（1757）、康德的《论优美感和崇高感》（1764）等；在俄国十九世纪四十至六十年代对"纯艺术"美学的再评价之后，这一概念便具有了某种讽刺意味。

此，我最终便丧失了与这一过失做斗争的欲望。其结果，我几乎相信（也许真的相信）这也许就是我的正常状态。而在开头，在起初，我曾在这样的斗争中经受过多少痛苦啊！我不相信别人也遇到过这种情况，因此，我终生将这一点隐藏在心，当作一个秘密。我曾感到羞愧（也许，甚至现在也仍感羞愧）。我羞愧到了这样的程度：以至于能感受到某种隐秘的、反常的、有点儿下流的快感。这快感就是：在某个最令人厌恶的彼得堡之夜回到自己的角落，往往强烈地意识到今天又做了件卑鄙的事情，而做过的事情又是无论如何也难以挽回的，这时，心里便会暗自因这一点而对自己咬牙切齿，责骂自己、折磨自己，直到那痛苦最终转变成了某种可耻的、该诅咒的乐趣，最后，它竟变成了明显的真正的快感！是的，变成了快感，变成了快感！我坚信这一点。我之所以说了出来，是因为我想确切地知道，别人是否也有这样的快感呢？我来给你们解释：这里的快感恰恰来自对自己的屈辱过于鲜明的意识；这恰恰是由于你自己已经感觉到你已撞在南墙上了；这很糟糕，但除此之外别无他法；你已别无出路，你永远也变不成另外一种人；而且，即使还有时间和信念可以变成别的什么，你自己也许不想再变了；即使想变，也什么都做不成，因为事实上，也许本来没什么可变的。归根结底，主要的一点就是，发生这一切都是由于过分强烈的意识之正常的和基本的规律，由于直接源自这些规律的一种惯性，因此，这里不仅没什么可变的，而且简直就毫无办法。强烈意识的结果，比如说就会是这样的：是的，一个恶棍，当他自己感觉到他真的是一个恶棍的时候，对他来说便似乎成了一种安慰。但是，够了……唉，胡说八道了一大通，又解释清楚了什么问题呢？……怎么解释这一快感呢？我还是要解释清楚！我要刨根问底！正是为此我才拿起笔来……

比如说，我是非常自尊的。我生性多疑，气量很小，像驼子或矮人那样。但事实上，我也常有这样的时刻，如果有人给了我一记耳光，我也许竟会因此而感到高兴。我是认真说的，也许我能由此获得某种快感，自然，这是一种绝望的快感，但是，就在这绝望之中，常常会有最强烈的快感，尤其是在你非常强烈地意识到自己的处境毫无出路的时候。挨了这记耳光，你立即会受到一种意识的压迫，像是被碾成了一团油膏。主要的是，无论怎样琢磨，结果是我在所有方面都成了第一个罪人，最最难堪的是，我是无辜的罪人，可以说是由于自然的规律而成了罪人。我之所以有罪，首先是因为我比周围所有的人都聪明些。（我常常认为自己比周围所有的人都聪明，有的时候，你们信吗，我甚至会因此而感到惭愧。至少，我一生都侧目旁视，从来不敢正眼看人。）我之所以有罪，最后还因为，即使说我心胸豁达，那么也只是由于意识到了这豁达大度的无用，我承受了更多的痛苦。要知道，我也许因自己的豁达而无法做出任何事情：我不能宽恕，因为那欺负我的人也许是遵循自然规律来揍我的，而自然规律是不能宽恕的；我不能忘记，因为，就算是自然规律，也终究是令人感到屈辱的。最后，即使我想变得心胸十分狭隘，从而想去报复欺负我的人，那我也无法以任何方式对任何人进行报复，因为即便能够去做，我也许难以下定决心去做什么。干吗下不了决心呢？关于这一点，我想特别说上两句。

三

比如说，那些能够替自己复仇的人和那些一般来说能够捍卫自己的人，情况又是怎样的呢？我们假设，一旦他们被报复的感情所控制，那么，这时在他们的整个身心中，除了这一感情之外便别无他物了。这样的先生会像一头发疯的公牛一样，低下犄角，向目标直冲过去，除非有堵墙能挡住他。（顺便说一句，在一堵墙的面前，这样的先生们，也就是那些直来直去的人和活动家们，是会心悦诚服的。对于他们来说，墙可不是一种借口，比如说，可不像对于我们这些耽于思考因而无所作为的人那样；墙可不是走回头路的托词，我们的兄弟通常自己也不相信这种托词，但总是会因有这一托词而感到非常高兴。不，他们会诚心诚意地服输的。对于他们来说，墙具有某种慰藉的作用，是道德所允许的，是终极的，也许甚至是某种神秘的东西……不过，关于墙我们下文再谈。）好吧，我且将这样一种直来直去的人当作实在的、正常的人，大自然这位温情的母亲亲切地将他生在大地，就是想看到这样的他。对于这样的人，我羡慕至极。他是愚蠢的，在这一点上我不与你们争论，但也许一个正常的人就应该是愚蠢的，你们知道为什么吗？也许，这甚至是非常美妙的。我尤其坚信这种可以说值得怀疑的事，因为比如拿一个正常人的对立面，亦即一个有强烈意识的人来说，当然这人不是出自大自然的怀抱，而是来自蒸馏瓶（这已近乎神秘主义了，先生们，但是对此我也怀疑），那么，这个来自蒸馏瓶的人有时也会在其对立面的面前服输的，他会带着他那全部的强烈意识，心甘情愿地承认自己是一只耗子，而非一个人。即使它具有强烈的意识，可毕竟还是一只耗子，而对立面却是人，因此……如此等等。但主要的一点，是他自己，要知道，是他承认自己是一只耗子，并没有任何人要求他这样做；而这可是重要的一点。现在，让我们来看一看这只耗子的作为吧。比如说，我们假设，它也遭受了屈辱（它几乎总是遭受屈辱的），它也想报复。它心头积聚起的仇恨，也许比自然的和真实的人[1]身上的还要多。他欲对欺负他的人以恶还恶，这一恶劣的、卑鄙的愿望在他的心中燃烧，也许比自然的和真实的人心中燃烧得还要炽烈，因为，自然的和真实的人生来愚蠢，以为自己的报复纯粹是正义的行为；而耗子由于强烈意识的结果，在这里却否定正义。最后到了行动的时候，到了复仇的时候，不幸的耗子，除了它初始弄出的污秽，又在其周围弄出表现为问题和怀疑形式的其他许多污秽；从一

---

[1] 这是卢梭最早提出的概念。仿宋部分文字在原著中是法文，以下不再一一作注。

个问题又引发出许多没有解决的问题，在它的周围会不由自主地聚集起某种祸水、某种难闻的垃圾。在这些祸水和垃圾里面全是这耗子的疑虑和激动不安，最后还有那些直来直去的活动家们吐向它的唾沫，那些活动家们庄严地站在四周，装成法官和独裁者的样子，亮开嗓门，冲着它哈哈大笑。当然，对于这一切，耗子只能挥挥爪子，面带连它自己也不相信的、假装蔑视的微笑，羞愧地逃进自己的洞穴。在那里，在自己又脏又臭的地下室里，我们这只蒙受屈辱、挨了打、受到嘲笑的耗子，立即沉浸在冷酷、恶毒，而主要是无休无止的仇恨之中。它将一连四十年记住自己的屈辱，连那些最细小、最耻辱的细节也牢记不忘，而且，每次它还要自己添加一些更为耻辱的细节，用自己的想象来恶毒地嘲弄、刺激自己。它将为自己的想象而感到羞愧，但是，它仍然记着一切，清点一切，为自己杜撰出一些子虚乌有的事，并借口说这些事是可能发生的，因而它什么都不原谅。看来，它就要开始报复了，但却是断断续续地、零敲碎打地、偷偷摸摸地、躲躲闪闪地进行，它既不相信其复仇行动的正义，也不相信其复仇行动的成功，它事先就知道，由于所有那些报复的尝试，它自己将比那受报复的人还要痛苦百倍，而那个被报复的人则可能一点儿也不恼怒。在濒死的时候，它仍然记得所有这一切，以及在这段时间里变本加厉的感受……但是，也正在这冷漠的、可憎的半绝望和半信仰之中，在这由于痛苦而将自己活活埋进地下室达四十年之久的自觉的行为中，在这竭力编造却仍然有些可疑的绝境之中，在这刻骨铭心、未能满足的愿望的鸩毒里，在已做出永恒决定、旋又反悔的所有这些摇摆不定的冷热病中——正是在这里，蕴含着我所说的那种奇特的快感的琼浆。这一快感非常微妙，有时很难为意识所捕捉，以至于目光稍显短浅的人，甚或那些神经坚强的人，都毫不理解。"也许，"你们会咧嘴大笑着补充道，"从来没有挨过耳光的人，也理解不了。"你们这是在有礼貌地向我暗示，我一生中或许也挨过耳光，因此我说起来像是很内行。我敢打赌，你们肯定是这样想的。但是，别担心，先生们，我没有挨过耳光，虽说对此我是无所谓的，随你们怎么想好了。我一生中也很少扇别人耳光，为此我或许还有些遗憾呢。但是够了，关于你们极感兴趣的这个话题，我一个字也不再多说了。

我现在要平心静气地继续谈论那些神经坚强、不理解快感之微妙的人们。比如说，在有些情况下，这些先生们虽然也会像公牛般亮开嗓门吼叫，虽然这样做或许可以给他们带来最崇高的荣誉，但是，正如我已经说过的那样，一旦面临不可能性，他们还是会立即妥协的。不可能性，是指一堵石墙吗？是什么石墙呢？当然，是自然规律，是自然科学的结论，是数学。比如说，要有人向你证明，你是由猴子变来的[①]，那你也别皱眉头，全盘接受好了。再有人向你证明说，

[①] 这是陀思妥耶夫斯基对达尔文《物种起源》(1859)一书的嘲笑。该书俄译本出版于1864年，当时俄国报刊围绕人的起源问题展开热烈争论。

事实上，你自己身上的一滴油脂会比十万个你这样的人还要珍贵，那些所谓的美德、义务及其他一些谬论和偏见，最终都将无疾而终。对此，你也全盘接受好了，没什么说的，因为二乘二等于四，这是数学。你们试着来反驳吧。

"得了吧，"有人向你们喊道，"这是无法反驳的，因为二乘二就等于四！大自然不会征询你们的意见；大自然可不管你们的愿望，也不管你们是否喜欢其规律。你们却不得不接受大自然的本来面貌，因此，也得接受它的一切结论。墙就是墙……"诸如此类。上帝呀，当我由于某种原因而不喜欢这些规律和二乘二等于四的时候，这些自然规律和算术又与我何干呢？当然，如果我真的无力，我是不会用脑袋去撞开石墙的，但我也不会仅仅因为面临着石墙，而我却没有足够的力气就善罢甘休。

这样的一堵石墙仿佛真的是一种安慰，真的能令人心平气和，仅仅因为它就是二乘二等于四。哦，这可真是荒谬透顶啊！最好呢，是能理解这一切，意识到这一切，意识到所有不可能和所有的石墙；如果你们讨厌妥协，那就不要向任何一种不可能、任何一堵石墙妥协；要通过最必然的逻辑组合，引出关于一个永恒主题的最令人恶心的结论，那就是甚至连那堵石墙的存在，仿佛也是你自己的罪过，虽说你显然完全无罪，于是，你默默无语，无力地咬牙切齿，懒洋洋地、消极地发呆，幻想着就是要出口恶气，结果却没有可发泄的对象；找不到对象，也许永远也找不到。可这里是偷梁换柱，是颠倒是非，是招摇撞骗，这简直是浑水一潭——不知是何物，不知是何人。但是，尽管混沌不清、黑白颠倒，你们仍然会感到痛苦，你们越是茫然无知，也就越是痛苦。

四

"哈，哈，哈！这么说，您从牙疼里也能找到快感啦！"你们会笑着喊道。

"那又怎样？牙疼中也有快感的，"我将回答说，"我的牙疼持续了整整一个月；我知道，这里有快感。在这种时候，当然，人们不是在默默地发狠，而是在呻吟；但是，这不是痛痛快快的呻吟，而是满怀恶意的呻吟，问题的全部就在于这恶意之中。正是在这呻吟中，表达出受难者的快感；如果他没有从牙疼中获得快感，他也许是不会呻吟的。"这是一个很好的例子，先生们，我要对此加以发挥。这些呻吟首先表明，对于我们的意识而言，你们的疼痛是不体面的、无目的的。这又表明，大自然有其全部规律性，对于这规律性，你们当然要啐上几口，但你们毕竟会因这一规律而吃苦头，而大自然却不会。这还表明，你们意识到，你们没有找到敌人，而疼痛却是实在的；你们也意识到，无论你们有多少位瓦根海姆①，你们仍完全是你们牙齿的奴隶；只要有人愿意，你们的牙就不会再疼了，要是他不愿意，你们的牙就还得疼上三

---

① 据说在十九世纪六十年代中期的彼得堡，有八位姓瓦根海姆的牙医。

个月；最后，如果你们老是不赞同而仍要反抗的话，那么，你们用来自我安慰的方式，就只有抽自己一顿或是用拳头更猛地砸你们的那堵墙，此外就别无他法了。这不，由于这些血腥的屈辱，由于这些不知来自何人的嘲弄，终于出现了快感，有时，这种快感竟然近乎性高潮。我请求你们，先生们，什么时候来听听十九世纪一位有教养的人因为牙疼受罪而发出的呻吟。这已是他犯病的第二天或第三天，他已经不再像头一天那样呻吟了，也就是说，他的呻吟已不仅仅是因为牙疼；他已不是像一个粗鲁的农夫那样呻吟了，他的呻吟倒像一个受进步和欧洲文明所感染了的人，像一个如今常说的那种"脱离了土壤和人民本源"的人。他的呻吟变得有些可恶、卑鄙而又狠毒，白天黑夜连续不断。他自己也知道，这些呻吟不会给他带来任何好处；他比所有人都更清楚地知道，他不过是在徒然地折磨或刺激自己和别人；他知道，甚至连他拼命地对之呻吟的人们以及他的整个家庭，都已经厌恶了听他的呻吟，他们一点儿也不相信他，他们心里都明白，他本可以换一种方式，呻吟得简单一些，不带花腔，不怪里怪气，他们认为，他是在故意地、恶毒地捣乱。瞧，在所有这些意识和耻辱中，正包含着快感。"据说，我打扰了你们，我伤了你们的心，我不让全家人睡觉。那么，就请你们别睡了，就请你们每一分钟都感觉到我的牙在疼吧。对于你们来说，我如今已不是我从前曾想充当的英雄，而只是一个卑鄙的人，一个恶棍。就这么着吧！我很高兴你们看透了我。听着我那些下流的呻吟，你们觉得恶心？那就恶心去吧；我这就给你们哼出一段更恶心的花腔来……"现在你们明白了吗，先生们？不，看来，要理解这一快感的全部微妙，还必须大大提高智力和领悟力！你们在笑？我很高兴。先生们，我的玩笑自然不佳，有好有坏，乱糟糟的，自相矛盾。但要知道，这是因为我不尊重自己。难道一个有意识的人能够多多少少地尊重自己吗？

五

　　但是难道，难道一个甚至试图在自己的屈辱感中寻找快感的人，也能多多少少地尊重自己吗？我此刻这样说，并非出于某种有些肉麻的忏悔。而且总的说来，我根本讨厌说什么"请您原谅，神父，我今后决不这样了"。这并非因为我不会这么说，恰恰相反，也许正因为我太善于这么说了，到了什么程度呢？时常，在我毫无过错的情况下，我却偏偏得这么说。这是最糟的事情。每逢此时，我还从内心受到感动，我还会悔过、流泪，自然，还要生自己的气，虽说完全不是假装出来的。好像心灵被玷污了……在这里，甚至连自然规律也不能去责怪了，虽说还是自然规律一直在不断地欺辱我，欺辱我整整一生。回忆起这一切心情很糟糕，而且当时原本就很糟糕。要知道，在那一分钟之后，我便常常已经在气愤地想，所有这一切都是谎言，谎言，是讨厌的、矫揉造作的谎言，也就是说，所有这些忏悔、所有这些感动、所有这些改过自新的誓言，都是谎言。你们会问，我干吗要糟蹋自己、折磨自己呢？答案是：因为袖手闲坐非常无聊；于是，我便来个装腔作势。的确是这样。你们最好关注一下自己，先生们，那样的话，你们就会明白，的确如此。我曾给自己臆想出一些奇遇，编造出一种生活，只是为了找个方式混日子。我有好多次，嗯，比如说，心里委屈起来，而且是无缘无故的、成心自找的；要知道，有的时候你自己也清楚，你会毫无缘由地感到委屈，你是在装腔作势，可末了竟真的感到自己确实受了委屈。不知为何，我一生都热衷于炮制这样的玩笑，于是，最终我竟难以控制自己了。另一回，我曾想强迫自己去恋爱，甚至强迫过两次，结果我受到恋情的折磨，先生们，我对你们说的是实话。在灵魂深处，我并不相信这是在受罪，还有一丝嘲笑掠过，但我毕竟是在受罪，而且还是真正的、名副其实的受罪；我满怀忌妒，难以自控……这一切都由于无聊，先生们，一切都由于无聊；是惰性在压迫人。要知道，意识产生的直接、合理的结果，就是惰性，也就是说，是有意识地袖手静坐，无所事事。这一点前面我已经说到了。我再重复一遍，认认真真地重复一遍：所有那些直来直去的人，那些活动家们，之所以喜欢活动，就因为他们愚蠢笨拙、目光短浅。这一点当如何解释呢？是这样：由于目光短浅，他们将近期的和次要的原因当成了初始的原因，这样一来，他们便能比他人更快、更轻易地确信，他们已经找到了自己事业那不容置疑的根据，于是感到心安理得；这可是最关键的一点。要知道，要开始行动，就必须事先完全心安理得，不能有任何的疑虑。然而，像我，怎么才能使自己心安理得呢？我所凭借的初始原因何在呢？根据何在呢？我从哪儿能找到它们呢？我便思考起来，于是，我的每一个初始原因就会立即引出另一个更为初始的原因来，就这样逐一引申，以致无穷。这正是每个意识和思维的本质所在。也许，这又是自然规律。结果究竟是什么呢？还是老一套。请你们回想一下我前不久关于报复所说的话。（或许，你们不曾留意。）我说过，一个人去复仇，因为他认为这是正义。这就是说，他找到了初始的原因，找到了根据，即正义；于是，他在方方面面都很心安理得，而由于确信自己正在进行一桩正当的、正义的事业，他便坦然地、顺利地去复仇了。可我却不认为这是正义的，也不认为其中有任何美德可言；因此，如果说我也开始报复的话，那就仅仅是出于怨恨了。怨恨自然能压倒一切，压倒我的一切疑虑，也许，正因为怨恨不是原因，所以它才完全成功地充当了初始原因。但是，假如我连怨恨也没有（前不久我就是从这一点谈起的），那又怎么办呢？由于这些该死的意识规律，我的怨恨又是处于化学分解之中。瞧，对象在挥发，理由在汽化，罪魁祸首找不到了，欺辱不再是欺辱，而成为天命，变成了某种类似牙疼的感觉了，牙疼时谁都没错。因此，剩下的仍然是那条老路——往墙上撞得更凶吧；也可以置之不理，因为找不着初始的原因。还是试一试盲目地沉浸于自己的感觉，不加思考，不问初始原因，一时抛开意识；可以去恨，可以去爱，只要不是袖手静坐就行。那么到后天,这是最后的期限,你就将因为明知故犯地欺骗自己而开始蔑视自己。其结果就是,只有泡沫和惰性。噢,先生们,要知道,我一生什么都开始不了,也什么都完成不了,或许,正因为如此,我才自视为聪明人。就算,就算我是个饶舌鬼吧,一个无害而又令人厌恶的饶舌鬼,和我们大家一样。不过,如果每个聪明人的直接的与唯一的使命就是饶舌,也就是有意地、喋喋不休地说废话,那又有什么办法呢?

六

哦,但愿我仅仅是由于懒惰而什么都没做。上帝呀,那我就会尊重自己了。我之所以会尊重自己,是因为我至少在自己身上还能够拥有懒惰;因为我的身上,至少还有一种能让我感觉自信的、似乎是良好的品质。人若问起:这是个什么人?便可答道:一个懒汉。要知道,能听到别人这么说起自己,一定是极其愉快的。这就是说,我得到了正面的肯定,这就是说,关于我是有话可说的。"懒汉!"要知道,这也是一个头衔、一种使命,这也是一种出息啊。你们别笑话,就是这样的。这样,我便有权成为一名头等俱乐部的成员,便可以无休无止地以尊重自己为乐事。我认识一位先生,他毕生都以自己善于品味拉斐特酒[①]而自豪。他将此视为自己真

---

① 法国拉斐特酒庄出产的一种红葡萄酒。

正的长处，也从来没有怀疑过自己。他死的时候，他的良心不仅坦然，而且还是扬扬自得的，他是对的。因此，我也会为自己选择一个行当。我可以做一个懒汉和饕餮，但不是一个简简单单的懒汉和饕餮，而是一位对一切美和崇高怀有同情心的懒汉和饕餮。你们觉得如何？我早这样幻想了。在我四十岁时，这一"美与崇高"狠狠地撞上了我的后脑勺；但这是我四十岁时的事，而那时——哦，那时就会利用一切机会，先往自己的酒杯里滴上几滴眼泪，然后再为一切美与崇高的事物把酒喝干。那时，我会将世上的一切都变为美与崇高；我会在最丑恶、最无可怀疑的肮脏之中找出美与崇高。我会变得眼泪汪汪，像一块湿海绵。比如，一位画家画了幅"盖伊"的画[1]，我立即会为这位画出了"盖伊"的画家的健康干杯，因为我热爱一切"美与崇高的事物"。一位作者写了《随您的便》[2]一文，我会立即为"随便什么人"的健康干上一杯，因为我热爱一切"美与崇高的事物"。为此，我要别人尊重自己，我将折磨那不尊重我的人，心情坦然地生活着，

---

[1] 指俄国画家尼·尼·盖伊（1831—1894）的《最后的晚餐》一画，该画于1863年展出后引起报刊的争论，主要是关于宗教题材的独特的、现实主义独创性的理解问题。萨尔蒂科夫-谢德林等撰文肯定，而陀思妥耶夫斯基却持相反意见。他后来在1873年的《作家日记》里说："在盖伊……先生……画里表现出做作和偏见，而一切做作都是虚伪的，都已经完全不是现实主义的了。"

[2] 作者是萨尔蒂科夫-谢德林，发表于《现代人》杂志1863年第7期。加着重号部分文字在原著中是斜体，以下不再一一作注。

扬扬自得地死去——这才是美妙,绝顶的美妙啊!那样,我便会长成那么一个大肚皮,堆出那么一个三层肉的下巴,给自己隆起那么一个通红的酒糟鼻来,为的是让每个遇见我的人都会看着我说:"真棒!这才是地道的正面人物呢!"先生们,随你们怎么说,要知道,在我们这个否定的时代①,能听到这种评语的确是非常令人愉快的呀。

七

然而,所有这一切都是金色的幻想。哦,请问诸位,是谁第一个声明,是谁第一个宣称,说一个人是因为不知道自己真正的利益才去做坏事的,还说如果启发他,让他发现自己真正的、正常的利益,他便会立即停止干坏事,摇身一变成为一个善良而高尚的人,因为,一旦受到启发,知道了自己真正的利益所在,他就会在善行之中发现自己的利益,而众所周知,谁也不会明知故犯地违背自己的利益而行动,于是就可以说他会必然地开始行善啦?哦,幼稚的人哪!哦,纯洁无邪的孩子!首先,有史以来的这几千年里,究竟何时人只为自己的利益才行动呢?不是有千百万个事实在证明,人们明知利害,也就是说,他们完全清楚自己的真正利益所在,却将这些利益放在次要位置,而奔向另一条道路,去冒险,去撞大运,没有任何人、任何东西在强迫他们这样做,

---

① 指当时是有许多虚无主义者活动的"时代"。

他们似乎只是不愿去走已然指明的道路,而是顽固地、任性地要闯出另一条艰难的、荒谬的路,他们几乎是在黑暗里摸索着这条道路。对这千千万万的事实,又该如何解释呢?要知道,这就是说,对于他们来讲,这种顽固和任性的确是更为愉快的事情,胜过各种各样的利益……利益!什么是利益?你们能否担保,你们对什么是人的利益能做出准确无误的定义吗?人的利益有时不仅可能,甚至一定表现为,在某种场合希望自己处于不利而非有利的地位。如果发生这种情况,那又如何是好呢?如果这样的话,一旦出现这种情况,那么,所有的规则都将荡然无存了。你们是怎么想的呢?有这种情况吗?你们在笑;笑吧,先生们,但是要请你们回答:人的利益是否都计算得完全精确呢?有没有那些不仅未归入,而且也无法归入任何一种分类中去的利益呢?因为,你们,先生们,据我所知,你们那张写着人的利益的清单,不过是你们从统计数字和经济学公式中得出的平均数而已。要知道,你们说的利益,就是幸福、财富、自由、安宁等等;因此,一个人,比如说,他要公然地、明知故犯地违反这整张清单,在你们看来,嗯,对,当然在我看来也是一样,他就是一位蒙昧主义者或者一个彻头彻尾的疯子,不是这样吗?但奇怪的是,所有这些统计学家、智者和人类的热爱者们在计算人的利益时,为什么总会忽略一种利益呢?甚至在计算时,他们没有把这种利益以其该用的形式包括进去,而整个计算的成败却正取决于这一点。如果抓住了这一利益,径直把它列入清单，倒也不算大错。但头疼的是，这一深奥莫测的利益却难以归入任何一种分类，难以列入任何一份清单。比如说，我有位朋友……哦，先生们，他也是你们的朋友啊！而且对谁，无论对谁他都是朋友！只要一着手做事，这位先生便会立即夸夸其谈而又清清楚楚地向你们说明，他正好需要怎样遵循理性和真理的规律来行事。不仅如此，他还会怀着激动和狂热对你们谈起真正的、正常的人的利益；他会带着嘲笑去指责那些目光短浅的蠢人，说他们既不明白自己的利益，也不明白美德的真正意义。可刚过片刻，没有任何突如其来的外在的缘由，而正是由于一种比其他所有利益都更为强大的内心的原因，他会完全转向另一方面，也就是说，他会公然站出来反对自己原先所宣称的：他既反对理性的规律，又反对个人的利益。唉，一句话，反对一切……我得事先声明，我的这个朋友是一个集合形象，因此，很难仅仅责怪他一个人。问题就在这里，先生们，是不是真的存在某样东西，它对于几乎所有的人来说都比他们那些最好的利益更加珍贵；或者（为了不违背逻辑）存在着一种最为有益的利益（这正是我们刚刚说到的被漏掉的那一种利益），它比所有其他利益都更为重要、更为有益，如果需要的话，一个人会为了这一利益而奋起反对所有的规律，也就是反对理性、荣誉、安宁、幸福。一句话，会去反对所有这些美好的、有益的东西，仅仅是为了得到这一初始的、最有益的利益，这利益对于他来说胜过一切。

"可那毕竟也是利益呀,"你们打断了我的话,"对不起,我们还将解释,问题不在于文字游戏,而在于这一利益之所以出色,正因为它打破了我们所有的分类,打破了人类的热爱者为了人类的幸福而构建出的所有体系,它不断地加以破坏。一句话,它在妨碍一切。"但是,在向你们道出这一利益之前,我想不惜自己的名誉,大胆地宣称,所有这些美好的体系,所有这些向人类解释其真正、正常利益的理论(解释的目的在于使人类必须努力获得这些利益,从而便会立即变得善良、高尚)——所有这些理论,目前在我看来,都不过是一种逻辑斯蒂[①]!是的,不过是一种逻辑斯蒂!要知道,肯定这种借助人类自身利益的体系来更新整个人类的理论,在我看来,几乎就等于……比如说,跟在巴克尔[②]的后面断言,人由于文明而变得温和了,因此逐渐变得不嗜血、不好战了。从逻辑上说,他似乎能得出这一结论。但是,人过分

---

① 亦称数学逻辑或数理逻辑,或称符号逻辑。最早提出数学逻辑思想的是德国哲学家莱布尼茨(1646—1716);1847年英国数学家、逻辑学家布尔(1815—1864)发表《逻辑的数学分析》后,数学逻辑的研究才真正开始。数学逻辑是研究推理,特别是研究数学中的推理的科学,它的推理研究只涉及前提和结论之间的形式关系,而这种形式关系又是由作为前提和结论的命题的逻辑形式决定的,而且是借助数学的方法,因此也可以说,数学逻辑就是用数学方法研究逻辑问题。

② 亨利·托马斯·巴克尔(1821—1862),英国历史学家、实证主义社会学家,他在《英国文明史》(1857—1861)中提出,文明的发展将导致民族间战争的终止。该书于1861年即有俄译本。

热衷于体系和抽象的结论，就会甘愿有意歪曲真理，甘愿视而不见、充耳不闻，而一味地为自己的逻辑辩护。我之所以以此为例，是因为这个例子非常鲜明。请你们举目环顾四周，血流成河，而且如香槟酒一般流得欢畅。这便是巴克尔也曾生活其中的、我们整个的十九世纪。这便是拿破仑——那个伟大的拿破仑和当代的拿破仑[1]。这便是北美——一个永恒的联邦[2]。最后，这便是具有讽刺意义的石勒苏益格-荷尔斯泰因[3]……怎么谈得上文明使我们变得温和了呢？文明不过是在人的身上培养出多重复杂的感觉……别无其他。而通过这一多重复杂性的发展，人甚至还会落到在血腥中寻找快感的地步。要知道，这样的事已经在人的身上发生过了。你们是否曾经注意到，那些最最嗜血成性的人却几乎无一例外都是些最文明的先生们，所有那些形形色色的阿提拉[4]们和斯坚

---

[1] 分别指法国皇帝拿破仑一世（1769—1821）和拿破仑三世（1808—1873），他们两人在位时都曾多次发动战争。

[2] 指1861至1865年的美国南北战争。

[3] 石勒苏益格原为公国，与荷尔斯泰因伯爵的领地原为两个独立的地区。1386年荷尔斯泰因伯爵将两地统一，1460年它同丹麦实行共君制。此处指1863至1864年普鲁士与奥地利同丹麦为争夺它而进行的一场战争。战后该地区曾由普鲁士与奥地利共同管理，1949年后成为联邦德国的一个州。

[4] 阿提拉（406—453），匈奴王（434—453年在位），曾率军远征拜占庭，入侵巴尔干、高卢等地。

卡·拉辛①们，有时都无法与他们相比，如果说他们并不像阿提拉和斯坚卡·拉辛那样显眼，那只是因为他们太常见、太普通了，大家已经司空见惯了。如果说人没有因文明而变得更嗜血，那么起码他嗜血时也大概会比从前更坏、更丑恶。以往，人视流血为正义，心安理得地去消灭那该被消灭的人；而如今，虽然我们也认为流血是丑恶的勾当，可我们却仍在干这勾当，甚至比从前干得还要多。哪种情况更坏呢？你们自己去评判吧。据说，克利奥帕特拉②（请原谅我举了一个罗马史上的例子）喜欢用金针去扎女奴的乳房，并在她们的叫喊和痛苦的抽搐中获得快感。你们会说，这些事都发生在相对而言的野蛮时代；你们会说，如今仍然是野蛮时代，因为（同样是相对而言）如今还有人挨针扎；你们会说，人如今虽然已学会观察，有时能比野蛮时代看得更清楚一些，可是，他还远远没有学会像理性和科学所指引的那样去行动。但你们毕竟完全相信，当某些陈旧、恶劣的习惯完全消失的时候，当正常的理智和科学完全改造并正确地指引人的天性的时候，人是一定能够学会的。你们坚信，到那时，人自己也不再会自愿地犯错误，也可以说，他便会不由自主地不再让自己的意志与自己的正常利益脱节了。不只如此。你们还会说，到

---

① 即斯捷潘·拉辛（1630—1671），顿河哥萨克，1670至1671年领导俄国农民起义，失败后被杀害。

② 即克利奥帕特拉七世（约公元前69—约前30），埃及末代女皇（公元前51年起）。

那时，科学本身将教导人（虽然在我看来这已是奢望），无论是意志或任性，在人的身上实际上都不存在，而且也从来不曾存在过，人自己不过是某种类似钢琴琴键或管风琴琴箱的东西①。你们还会说，除此以外，世界上还存在着一些自然规律；因此，无论人做什么，都根本不是按照他的意愿进行的，而是自然而然地遵循自然规律进行的。所以，只要发现这些自然规律，人便用不着为自己的行为负责了，他便能非常轻松地生活了。那时候，自然而然地，人的所有行为都可依照这些规律计算出来，用数学的方式，像对数表一样，数到十万零八千，然后载入历书；或者比这更好，将会出现某些善意的出版物，就像如今的百科词典一样，其中一切都得到了精确的计算和定义，于是，世界上便再也不会有意外的行为和事情了。

那时——这都是你们说的——将出现新的经济关系，它们完全是现成的，同样经过数学的精确计算，于是，在一刹那间，形形色色的问题都将消失，这只是因为已然能够得出形形色色的答案。到那时，水晶宫②便将建立起来。到

---

① 法国启蒙思想家、唯物主义者狄德罗（1713—1784）在他的著作《达朗贝和狄德罗的谈话》（1769）中说过这样的话："我们就是赋有感受性和记忆的乐器，我们的感官就是琴键，我们周围的自然弹它，它自己也常常弹自己……"（译文据陈修斋等译：《狄德罗哲学选集》，三联书店，1956年。）

② 在车尔尼雪夫斯基的小说《怎么办？》中，"薇拉的第四个梦"里曾出现"水晶宫"的形象。

那时……好吧，一句话，到那时，幸福鸟①就将展翅飞来。当然，无论如何也不能担保（这已是我说的了），到那时，比如说，就再也不会感到乏味透顶（到那时一切都将是根据图表计算好了的，那还有什么事情可做呢），然而，一切都将极其合乎理智。当然，出于乏味无聊，有什么事想不出来呢！要知道，金针就是由于无聊才用来扎人的，但这一切好像都无关紧要。糟糕的是（这又是我说的），到那时，恐怕金针还是能让人开心呢。因为，人是愚蠢的，极其愚蠢。也就是说，人即便完全不愚蠢，也是忘恩负义的，难以找到例外。因为，比如说，在普遍的合乎理智的未来，突然无缘无故地冒出来一位什么绅士，他生着一张并不高贵的面孔，确切些说，是一张顽固落后的、嘲笑的面孔，他两手叉腰，对我们大家说道：怎么样，先生们，我们是否来把这理智整个地一脚踢开，唯一的目的就是让所有这些对数表都见鬼去，让我们重新按照我们愚蠢的意志来生活！如果出现这样的事情，我是丝毫也不会感到吃惊的。这倒都没什么，但令人气恼的是，总能找到一批追随者——人的秉性就是这样。而所有这一切都源自那最无根据的原因，这一原因或许根本不值一提。这正是因为，一个人，无论何时何地，无论他是何许人，都喜欢如他所希望的那样去行动，而绝对不想按照

---

① 原文为"Каган"，是古代中亚某些国家的王或汗，也可译为"鸟王"。陀思妥耶夫斯基被流放西伯利亚时在民间听说了这种鸟。

理智和利益所吩咐的去行动；他想要的可能违反自己的利益，有时候甚至是就应该这样（这已是我的观念了）。自身的、随意的、自由的意愿，自身的，即便是最野蛮的任性，自己的，有时甚至达到疯狂的想象——这一切便是那个被遗漏的、最有利益的利益，正是它不适于纳入任何一种分类，而总是使所有的体系和理论解体。所有这些智者说什么人需要具有某种正常的、高尚的意愿，这是从何谈起呢？他们说什么人必定需要合理的、有益的意愿，这又是从何谈起呢？人需要的只是一种独立的意愿，而无论这一独立性的代价多高，无论这一独立性会导致什么结果。可是，鬼才知道这一愿望是什么……

八

"哈，哈，哈！要知道，这个意愿，如果您想知道的话，也许实际上是没有的！"你们哈哈大笑着打断了我的话，"如今，科学已经可以精确地解剖人了，所以我们也已知道，意愿和所谓的自由意志不是别的，而是……"

"等一下，先生们，连我自己也本想这样开始说的。我承认，我甚至胆怯了。我刚才就想喊出声来，说鬼知道意愿取决于什么，它是什么，也许要谢天谢地，我又想起了科学……于是便没说下去。而就在这时，你们却说了起来。要知道，其实，嗯，要是人们什么时候真的找到了我们所有意愿和任性的公式，也就是说，知道它们取决于什么，它们遵循什么样的规律产生，它们如何发展，它们在不同的情况下趋向何方等等，等等，也就是说，找到了一个真正的数学公式——要是这样的话，人也许马上就不会再有意愿了，而且，也许不会再有了。按表格提出意愿有什么意思呢？不仅如此，他还会立即由一个人变成管风琴的琴箱或诸如此类的东西；因为，一个没有愿望、没有意志、没有意愿的人，不是管风琴上的琴箱又能是什么呢？你们怎么想？我们来计算一下可能性，看这样的事情会不会发生？"

"嗯……"你们解释说，"我们的意愿大部分是错误的，原因在于我们对我们的利益所持的看法是错误的。我们之所以有时要听那种彻头彻尾的胡言乱语，是由于我们因愚蠢竟在这些胡言乱语中看到了一条能获得某种预期利益的捷径。那么，当这一切都在纸上得到了解释和计算（这是非常可能的，因为先就认定有些自然规律是永远不能认识的，那太令人厌恶，也毫无意义），那时，当然就不会再有所谓的愿望了。要知道，如果意愿什么时候与理性完全撞车，那么，我们就只能进行推理，而不能想要什么了。因为，比如说不可能在保持理性的同时又想要无意义的东西，并因此有意地违反理性，有意地想给自己带来危害……由于所有的意愿和推理都真的能够计算出来，因为人们迟早会发现我们所谓的自由意志的规律，这样一来，也许真的可以建立起某种类似表格的东西，那我们也就真的可以按照这张表格提出意愿了。假如什么时候有人为我计算出来并且证明，如果我向某个人做出了一个侮辱的手势，那恰是因为我不能不这么做，我还非得伸出某个指头来比画，倘若如此，我身上还能剩得下什么自由的份儿呢？更何况，如果我还是一位学者，并曾在某处修过科学课程。要知道，这样的话，我便能够提前三十年计算出我的整个一生。总而言之，如果事情真是这样的话，我们便将没有什么可做的了，反正不得不接受一切。而且总的来说，我们得不厌其烦地对自己重复说，肯定在某一时刻、某种环境中，大自然不会来请示我们；我们应当接受本来面目的大自然，而不是我们想象出来的大自然；如果我们真的渴求拥有表格和历书，而且……哪怕是渴求拥有蒸馏瓶，那也没什么可说的，就得接受蒸馏瓶！否则的话，用不着我们，蒸馏瓶自己也会来的……"

"是啊，这正是我的难处哇！先生们，请你们原谅我的一番玄论，都怪这在地下室中度过的四十年！请允许我来想象一下吧。要知道，先生们，理性是好东西，这是无可争议的，但是，理性却只是理性，它只能满足人的理性能力，而意愿却是整个生活的表现，就是说，它是人的整个生活的表现，包括理性和所有伤脑筋的事情在内。即便我们的生活在这一表现中时常显得很糟，但它毕竟还是生活，而不仅仅是开方求得的平方根。比如说我吧，十分自然地想活着，为的是满足我所有的生活能力，而不仅仅是为了满足我的理性能力，即不是为了去满足我整个生活能力中的那二十分之一。理性能知道什么？理性只知道它已经知道的东西（对于有的东西，理性可能永远也无法知道；尽管这不是一种安慰，但为什么不把它说出来呢？），而人的本性是能调动它所有的能力，整个地活动着的，不管是有意识地或是无意识地，即便是在说谎，它也是在生活着的。先生们，我怀疑你们正面带遗憾地看着我；你们反复对我说，一个有高度文化修养的人，总之，一个未来的人，不可能有意想要什么不利于自己的东西，这像数学一样清楚。我完全赞同，这的确就是数学。但是，我却要向你们重复一百遍，只有一种情形，只有在一种情形下，人才会有意地、自觉地渴望那甚至是有害的、愚蠢的、甚至是愚蠢至极的东西。这便是，为了有权利去渴望那甚至是愚蠢至极的东西，而不愿受到约束，只能渴望聪明的东西。要知道，这是愚蠢至极，这是自己的任性。事实上，先生们，在地球上的万物之中，这也许是对于我们的兄弟最为有益的东西，在某些情形下尤其如此。而其中，比一切利益都更为有益的东西，甚至有可能出现在这样的情形之下，即当它给我们带来了明显的危害，并与我们的理性有关利益所得出的最为缜密的结论相矛盾的时候——因为，这样至少能为我们保全最主要、最珍贵的东西，亦即我们的人格和我们的个性。有些人会肯定地说，对于人来讲，这的确是最为珍贵的；当然，如果愿意的话，意愿是可以与理性融为一体的，尤其是当它不是被滥用，而是适度运用的时候；这是有益的，有时甚至是值得称道的。但是，经常地，甚至是在大多数时间内，意愿都是与理性完全地、执拗地相矛盾的，而且……而且……你们是否知道，这也是有益的，有时甚至是非常值得称道的？先生们，我们假设人并不愚蠢。（事实上，无论如何不该说人是这样的，哪怕只由于这样一个理由，即如果人是愚蠢的，那么还有什么是聪明的呢？）但是，如果说人并不愚蠢，那么，他也仍是极其忘恩负义的！绝对的忘恩负义！我甚至认为，对人的最好定义就是：一种两条腿的忘恩负义的生物。但这还不是全部，这还不是人的主要缺点；人的最主要的缺点，就是那始终一贯的品行不端，这种恶劣品行始终一贯，从洪水时代①直至人类命运中的石勒苏益格-荷尔斯泰因时期。品行不端，因此也就是不明智；因为，人们早就已知的是，不明智并非源于其他，而是来自品行不端。请你们来看一看人类的历史吧，你们会看到什么呢？壮丽吗？也许，可以说是壮丽的，比如说，仅仅罗得岛上的那尊雕像②，就好生了得！无怪乎阿纳耶夫斯基先生证实说，一些人认为这尊雕像是人类双手的产物，而另一些人则

---

① 见《圣经·旧约·创世记》（第6至7章）：耶和华所造的人和禽兽、昆虫罪恶很大，因而使大地洪水泛滥，毁灭天下，使"地上有血肉、有气息的活物，无一不死。……水势浩大，在地上共一百五十天"。

② 罗得岛是爱琴海中的一座希腊岛屿，岛上有一尊太阳神赫利俄斯的铜像，为世界七大奇迹之一，建于公元前292至前280年，公元前225年因地震倒塌，公元653年阿拉伯人劫掠罗得岛时将其击碎。据记载，它高70肘尺，合32米；但后来在塑像基石上发现其铭文记载，是10肘尺的8倍，因而当为36.5米。

断言它是大自然本身的造物。① 绚烂多彩吗？也许可以说是绚烂多彩的，只要将所有时代、所有民族文武官员的礼服研究一番，就好生了得；而若去研究文官制服，就肯定会累得趴下，没有一位史学家能受得了。单调乏味吗？也许可以说是单调乏味的；人们在打呀，打呀，现在在打，从前打过，将来还要打——你们会赞同说，这甚至是过于单调乏味了。一句话，一切，一切可能在混乱的大脑中冒出来的想法，都可用来谈论全世界的历史。唯一不能说的，就是明智，亦即不能说历史是明智的。第一个字没出口，你们便打住了。在这里，甚至常会遇见这样的情形：要知道，在生活中经常会出现那样一些有道德、有理性的人，那样一些智者和人类的热爱者，他们为自己立下宗旨——一生都要尽可能品行端正而又明智，也就是说，要用自己来照亮他人，为的就是向他人证明，在这个世界上的确可以过着品行端正、合乎理性的生活。结果如何呢？众所周知，许多有此爱好的人，或迟或早，在生命行将结束时都背叛了自己，闹出了一些趣闻逸事，有时甚至是最最不体面的趣闻逸事。现在我请问诸位：对于人这一被赋予如此奇怪品质的生物，又能指望什么呢？你们就是向他倾注所有尘世的幸福，就是让他从头到脚完全沉

---

① 阿·叶·阿纳耶夫斯基（1788—1866），一位平庸的俄国作家，十九世纪四十至六十年代经常成为报刊的嘲讽对象。上引的话出自他在1854年写的一本小册子。

浸在幸福之中，像是整个没在水里，只有些吐出的气泡冒出幸福的表面；就是让他经济上十分宽裕，使他除了睡觉、吃甜饼和为世界历史的不断发展而操心之外，完全不用再做任何事情。即使这样，他也还是那样的人，仍会仅仅由于忘恩负义，仅仅为了诽谤而对你们干出卑鄙的勾当。他甚至会拿甜饼来冒险，有意做出最为有害的胡作非为，最不合算的荒谬行径，仅仅是为了在这正确的理智之中掺进其有害的幻想成分。他要坚持自己那些古怪离奇的幻想，那些极其庸俗的蠢事，仅仅是为了向自己证实（似乎这非常必要），人毕竟是人，而不是钢琴上的琴键，尽管自然规律亲手在那些琴键上弹奏，但也有可能弹得人们除了历书再也不能指望别的什么。而且，更有甚者，即便人真的变成了琴键，即便用自然科学和数学方法向他论证了这一点，他也不会醒悟的，仅仅是出于忘恩负义，他就会有意做出相反的举动来；说实在的，他只是为了固执己见。当他缺乏手段时，他就会制造出破坏和混乱，杜撰出各种各样的苦难，以此固执己见！他满世界散布诅咒，因为只有人才会诅咒（这是人区别于其他动物的最主要的特权），要知道，他也许单凭诅咒就能达到自己的目的，也就是说，他真的确信，他是人，而不是琴键。如果你们说，混乱呀，黑暗呀，诅咒呀，这一切都可以根据表格计算出来，那么单凭预先可以计算出来就能防止这一切，理性便会占了上风——可如果这样，在这种情况下，人就会故意变成疯子，为的是不要理性而能坚持己见！我相信这一点，我能对此负责，因为人类所有的问题，看来的确就在于：人在持续不断地向自己证明，他是人，而不是琴箱！虽说是现身说法，但他却在证明着；虽说方式是原始的，但他却在证明着。这样一来，他怎么能不做坏事，怎么能不夸口说这样的事情还不曾有过，怎么能不说现在鬼才知道意愿究竟是怎么来的……"

你们会对我叫嚷（如果说我还能博得你们叫嚷的话），说并没有任何人来剥夺我的意志，说人们不过是设法使我的意志能够自愿地与我的正常利益、自然规律和算术相吻合。

"唉，先生们，当事情已经弄到了表格和算术的地步，当普遍只讲二乘二等于四的时候，还有什么自己的意志呢？就是没有我的意志，二乘二也等于四。难道那也算自己的意志吗！"

九

先生们，我当然是在开玩笑，我自己也知道，我的玩笑开得并不成功，但是，并不能把一切都看成玩笑。我也许是在咬牙切齿地开玩笑。先生们，有些问题令我苦恼，请你们为我解答。比如说，你们想使人抛弃旧的习惯，并按照科学和健全思想的需要来矫正其意志。但是，你们怎么知道，人不仅可能而且需要做这样的改造呢？你们是从哪儿得出结论，认为人类的意愿应当做那样的矫正呢？一句话，你们怎么知道这样的矫正真能给人带来益处呢？还有，如果说到底，你们为何如此坚定地相信，不背离那些为理智的论据和算术所保障的、真正的、正常的利益，对人来说就真的是永远有益，而且这对全人类来说就是一条规律呢？要知道，这暂时还只是你们的假设。我们假设这是一条逻辑的规律，但也许根本算不上是人类的规律。你们，先生们，没准认为我是个疯子吧？请允许我说明一下。我同意，人是一种动物，是一种主要具有创造性的动物，他注定要自觉地追求一个目标，要从事工程技艺，也就是说他会永远不断地为自己开辟道路，而不管朝着什么方向。然而，他时而也想朝旁边弯一下，但这也许正因为注定要由他来打通这条道路，也许还因为，一位直来直去的活动家无论多么愚蠢，终究偶尔会想到，道路几乎永远得朝着什么方向延续下去，主要的问题并不在于道路通向何方，而在于要让道路直通下去，要让品行端正的孩子别轻视工程技艺而沉湎于那有害的游手好闲，众所周知，游手好闲可是万恶之源。人喜欢创造，喜欢开辟道路，这是无可争议的，但是，他为何同样酷爱破坏和混乱呢？这一点你们倒说说看！但关于这点，我本人也想特别地申说两句。他之所以喜欢破坏和混乱（要知道，这是无可争议的，他有时非常地喜欢，确实如此），也许是因为他自己本能地害怕达到目的，害怕建完他所建造的大厦。你们怎会知道，他也许只是在远处，而绝非在其附近喜欢那大厦；也许，他只是喜欢建造这座大厦，而不是在其中居住，此后他会把大厦送给家畜，送给蚂蚁、绵羊等等，等等。蚂蚁的趣味则是完全别样的，它们有一座与此类似的、奇异的、永远不会被摧毁的大厦——蚁冢。

可敬的蚂蚁们以蚁冢开始，大概也以蚁冢告终，这使它们以始终不渝和积极认真的姿态赢得了巨大的声誉。但是，人却是一种轻浮的、不体面的生物，也许他就像棋手那样，喜欢的只是达到目的的过程，而不是目的本身。而且，有谁知道呢（没法儿担保），也许人类在地球上所追求的全部目的，仅仅就在于抵达目的之过程的这一持续性，换句话说，就在于生活本身，而不在于目的。自然，这一目的不是别的，就是二乘二等于四，也就是说，是一个公式，但是要知道，先生们，二乘二等于四已经不是生活，而是死亡的开端。至少，人不知为何总有些害怕这二乘二等于四，我现在也还害怕。我们假设，人的所作所为只是为了寻求这个二乘二等于四，他漂洋过海，在这一寻求中牺牲生活，可他不知为何又害怕找到，害怕真的找到。因为他感到，一旦找到，就再没有什么可寻求的了。工人们在结束工作后，至少可以领到钱，接着上酒馆，然后进警察局——这便是一周的活动。而人又能去向何方呢？至少，每次当他达到诸如此类的目的时，在他身上都可以发现某种难堪的表情。他喜欢达到目的的过程，却不完全喜欢达到目的，这当然是非常可笑的。一句话，人的秉性是滑稽的；在所有这一切之中显然包含着一种双关的俏皮话。然而，二乘二等于四毕竟是一个极其讨厌的东西。二乘二等于四，这在我看来，只不过是蛮不讲理。二乘二等于四扬扬自得地双手叉腰，挡住了你们的去路，啐着唾沫。我同意，二乘二等于四是十分美妙的东西；但是，假如要赞扬一切，那么，二乘二等于五有时也是个非常可爱的小东西呢。

为什么你们如此坚定、如此庄严地确信，只有一种正常的、正面的东西呢？一句话，只有幸福才于人有益呢？在利益问题上，理智不会出错吗？要知道，也许人所喜欢的并不仅仅是幸福？也许，他也完全同样地喜欢苦难？也许，对他来说，苦难和幸福完全是同样有益的？人有时会非常地爱苦难，爱之成癖，这是事实。这是用不着去查阅世界史的；只要您是一个人，只要曾经稍稍地生活过，问问自己也就可以了。至于我个人的意见，那就是，仅仅爱幸福甚至有些不体面。不论是好是坏，反正有时破坏一种什么东西也是非常愉快的。这里我并不是在维护苦难，也不是在维护幸福。我是在维护……维护自己的任性，维护那在我需要的时候能为我提供保障的东西。比如说，轻松喜剧中就不允许有苦难，这我是知道的；在水晶宫中有苦难也是不可思议的。苦难就是怀疑，就是否定，如果在水晶宫中还会产生怀疑，这还叫什么水晶宫呢？可我同时相信，人永远不会拒绝真正的苦难，也就是说，永远不会拒绝破坏和混乱。因为苦难便是意识产生的唯一原因。虽然我在一开始就说了，我认为意识是人最大的不幸，但是我知道，人喜欢意识，他不愿用任何快乐来替换意识。比如说，意识就无限地高于二乘二。承认了二乘二之后,当然就不会留下什么东西,不仅无事可做了,甚至连可以认知的东西也没有了。到那时,可做的一切,就是堵塞自己的五官,沉湎于潜思默想。而在意识的过程中,虽说也可能有同样的结果,也就是说也可能无事可做,但至少有时还是可以责备一下自己的,而这毕竟能使人振作。即便是落后,毕竟胜于无所作为。

十

你们相信那座永远不能摧毁的水晶宫大厦,亦即那种既不能偷偷地向它伸舌头,也不能暗暗地向它做侮辱性手势的东西。可我却害怕这样的大厦,也许因为它是水晶的,是永远不能摧毁的,也许因为甚至不能偷偷地向它伸舌头。

你们知道吗?如果没有那宫殿而有个鸡窝,而天上正好下起了雨,我也许会钻进鸡窝避雨,但是,我却不会因感激鸡窝而将它视为宫殿。你们在笑,你们甚至说,在这种情况下,鸡窝和宫殿是一码事。我回答道,是一码事,如果活着仅仅是为了不被雨淋湿的话。

但是,如果我固执己见地认为,人们活着并不仅仅为了这个;如果我认为,人们活着,但不仅以此为目的,要生活的话,就该生活在宫殿里,那又该怎么办呢?这是我的意愿,这是我的愿望。你们只有改变了我的愿望,才能将它从我的脑中铲除。好的,请你们来改变我吧,用其他东西来诱惑我,给我另一个理想吧。而暂时,我还不会将鸡窝当作宫殿。就算水晶宫大厦是一种幻想的海市蜃楼吧，按照自然规律它是不应存在的，就算我把它臆想出来仅仅是由于我自己的愚蠢，由于我们这一代人的某些陈旧的和非理性的习惯。但是，它该不该存在和我又有什么关系？如果说它存在于我的愿望之中，或者更确切地说，它存在于我的愿望存在的时候，还不都是一码事吗？也许，你们又笑了？笑吧！我能承受所有的嘲笑，反正我不会在我想吃东西的时候说我的肚子是饱的；反正我知道，我不会只因为它是按照自然规律而存在的，而且是真的存在着，便满足于折中，满足于不断循环的"零"。我不会将一座大房子——它的房间都按千年的合同租给贫穷的房客，还可以挂上牙科医生瓦根海姆的招牌以备万一——视为自己至高无上的愿望。请你们毁掉我的愿望，抹去我的理想，给我指出什么更好的东西来吧，那样的话，我就会跟你们走。也许你们会说，不值得同我打交道；若是这样，我也可以用同样的话回敬你们。我们在严肃地谈论，而你们却不愿理睬我，那我也不会卑躬屈膝的。我有自己的地下室。

但是只要我还活着，还有愿望——那么，哪怕我给那座大房子添上一小块砖，就让我的手烂掉好了！尽管刚才我亲口否定了水晶宫大厦，仅仅是因为不能向它吐舌头，可我这样说，压根儿不是因为我那么喜欢伸出我的舌头。也许，我所恼火的只是，在你们所有的建筑物中至今还找不到一座能让人不冲它吐舌头的。反之，只要能盖成那让我自己永远也不想再向其吐舌头的建筑物，那么，即使仅仅出于感激之情，我也会把自己的舌头完全割掉。而如果盖不出这样的建筑，只能满足于那些房子，这又关我什么事。为什么我生来就会有这种愿望？难道我生来仅仅是为了引出这样的结论，说我的整个生存都只是一种欺骗？难道全部目的就在于此？我不信。

此外，你们要知道，我坚信，必须对我们这位住地下室的兄弟严加管制。他虽然能够闷声不响地在地下室里待上四十年，但是，他一旦来到光天化日之下，张口说话，那他就会说呀，说呀，说个不停……

十一

归根结底，先生们，最好还是什么都不做！最好是自觉地懒惰！所以说，地下室万岁！我虽然说过，我非常非常地羡慕正常人，但是，以我看见他们的那种情况而论，我可不愿做他们那样的人。（虽说我仍在不停地羡慕他们。不，不，地下室终归更有益一些！）在那里，至少可以……唉！要知道，我这也是在撒谎！我撒谎，因为我自己像知道二乘二得四一样知道，绝对不是地下室好，绝对是别的什么地方，是一种我所渴望却无论如何也找不到的地方！让地下室见鬼去吧！

如果在我此刻所写的这些东西中，我自己能够随便相信些什么，那也好了。我向你们起誓，先生们，在我此刻匆匆写出的东西中，我连一个字都不信！也就是说，我似乎也相信,但与此同时,不知为什么,我又感到并且怀疑自己是在蹩脚地撒谎。

"那么您为何要写这一切呢?"你们对我说。

"假如我让你们无所事事地待上四十年,四十年之后我去地下室看你们,看你们变成什么模样了。难道可以让一个人无所事事地单独待上四十年吗?"

"真不害羞,真恬不知耻!"也许,你们会依然不屑地摇着脑袋对我说,"您渴望生活,并用一团混乱的逻辑来解答生活问题。您的行为多么讨厌,多么粗鲁,但同时您又是多么害怕啊!您胡言乱语,并由此感到满足;您说粗鲁的话,自己却又在不断地为这样的粗话感到害怕,并请求别人原谅。您要人相信您什么也不怕,与此同时,您却在奉承我们的意见。您要人相信您在咬牙切齿,与此同时,您却在说俏皮话逗我们发笑。您知道,您的那些俏皮话并不高明,但是,您却显然因其有文采而扬扬得意。您也许真的受过苦难,但是,您却丝毫也不尊重您的苦难。您有些真理,可是缺乏高尚的品德;您出于极其渺小的虚荣心炫耀您的真理,使得您的真理蒙受耻辱,将您的真理带向市场……您真的想说点儿什么,但是,由于忧虑您又隐藏了您最后的话,因为您没有决心和盘托出,却胆怯得厚颜无耻。您夸耀自己的意识,可您却一直在摇摆不定,因为您的头脑虽然在活动,您的心灵却被放荡行为所腐蚀了,而没有纯洁的心灵就不会有充分的、正确的意识!您身上有多少令人厌恶的东西,您是那样纠缠不休,您是那样装腔作势！谎言，谎言，全是谎言！"

当然，你们所有这些话都是此刻我自己编出来的。这也同样是出自地下室。在那里一连四十年，我一直在透过缝隙偷听你们的这些话。我自己编造出这些话，但也只能编造出这样的话。这是毫不奇怪的，这些话已经牢记在心，并具有了文学的形式……

但是，难道，难道你们真的会如此轻信，真的以为我会将所有这些发表出来并供你们阅读吗？我现在还面临着一个问题，即说明：实际上，我为何要称你们为"先生们"，为何要像真的对待读者一样对待你们呢？我存心道出的那些自白，是不会发表出来的，是不会让别人读到的。至少，我没有那样的决心，也不认为有这种必要。但你们要知道，有一个幻想突然来到我的脑海中，我无论如何都想要实现它。事情是这样：

每个人的回忆中都有这样一些东西，它们不能向众人公开，而只能向朋友袒露。另有一些东西，就是对朋友也不会公开，而只有对自己坦诚，并且讳莫如深。最后，还有一些东西，甚至害怕对自己公开，而这样的东西在每一个体面的人那里都积累得相当多。情况甚至是这样：一个人越是体面，他所积累的这类东西就越多。至少，我自己就是不久前才决心回忆我先前那些奇遇的，而在此前我总是回避它们，甚至还有点儿惴惴不安。而此刻，当我不仅在回忆，甚至还决定做出笔录的时候，此刻，我正想体验一下：有可能完全做到

44

坦白吗,即便是面对自己?有可能不怕全部真相吗?我要顺便指出,海涅断言,真实的自传几乎是不可能的,人在谈到自己的时候肯定会撒谎。他认为,比如卢梭在他的《忏悔录》中无疑对自己撒了谎,甚至是出于虚荣而有意撒了谎。① 我相信海涅是对的;我非常清楚地懂得,有时仅仅是出于虚荣,就可能给自己扣上整套整套的罪名,我甚至还能非常清楚地认识到这种虚荣可能是什么性质的。然而,海涅评判的是那种在公众面前忏悔的人。而我却只是为自己一个人写作,我要一劳永逸地声明,如果说我的写作仿佛是为了读者,那么这也仅仅是为了摆摆样子,因为这样我便可以更轻松地写下去。这是一个形式,一个空洞的形式,我永远也不会有读者。我已经声明过了……

在编辑我的手记时,我无论如何也不想受到拘束。我将不安排什么顺序和体系,我想起什么就写什么。

好吧,举个例子,你们可能会抠字眼儿,可能会问我:"如果说您真的不考虑读者,那么现在您干吗还要在纸上对自己做这样一些交代,说您不会安排什么顺序和体系、您想起什么就写什么等等之类的话呢?您为何要解释呢?您为何要道歉呢?"

---

① 德国诗人海涅在其《自白》中写道:刻画自己的个性不仅是一件令人为难的工作,而且是一件简直不可能的工作;卢梭就在《忏悔录》中做了许多欺骗性的表白,为的是用这些表白来掩饰自己真正的过失。

"你看怪不怪!"我回答。

这里可是有很大的心理学问。也许因为我只是一个胆小鬼;也许因为我有意想象自己的面前有公众,使我自己在书写手记的时候规矩一些。原因可以有上千个。

但是,问题又来了:我自己究竟为何想要写作呢?如果不是为了公众,那么,本可以将一切都记在脑中,而用不着写到纸上呀?

是这样的,写在纸上要显得庄重一些。在这里,有某种感人的东西,能更多地评判自我,增添些文采。此外,也许由于书写手记,我真的获得了解脱。比如说,此刻,一个不久之前的回忆沉沉地压在我的心头。还在几天前,我就清晰地忆起了它,从那时起,它便像一个烦人的、不愿离去的音乐主题一样,留在我的心中。然而,应当摆脱它。这样的回忆我有数百个;但是,有时从这上百个回忆中会凸现某一个,压在我的心头。不知怎的,我相信,如果我将它记录下来,便可摆脱它。为什么不试一试呢?

最后,还有一个原因:我很无聊,我经常什么也不做。书写手记却真的似乎是一件工作。据说,由于工作人会变得善良和诚实。这至少是一个机会。

此刻正在下雪,雪几乎是潮湿的、昏黄的、肮脏的。昨天也下了雪,这几天都在下雪。我感到,由于湿雪,我回忆起了那段至今一直困扰着我的逸事。下面便是这篇由湿雪引起的故事。

第二章
由于湿雪①

当我用信念的炽热话语
将一个堕落的灵魂拯救,
使它步出迷误的黑暗,
你,满怀深深的苦愁,
搓揉着双手,在将那
纠缠着你的恶习诅咒;
当你用回忆来谴责
那遗忘了往事的良心,
你向我讲述在我之前
所发生的一切事情,
突然,用手捂住脸,
你充满恐惧和羞愧,

---

① 在俄国自然派作家的作品里,"细雨"和"湿雪"常被用作典型的彼得堡风景特征。

你在愤恨,你在颤抖,

你流出无尽的眼泪……

等等,等等,等等。

——尼·阿·涅克拉索夫①

一

那时,我只有二十四岁。当时,我的生活已经很忧郁、很混乱,孤独到了极点。我不与任何人交往,甚至避免说话,越来越深地躲进了自己的角落。上班时,在办公室,我甚至竭力不去看任何人,我非常清楚地知道,我的同事们不仅视我为怪人,而且——我始终这样觉得——还似乎带着某种厌恶在打量我。我不禁想道:为什么除了我,谁也没有觉得别人在厌恶地打量自己呢?在我们办公室的人员中,有一个人生着一张令人讨厌的麻脸,那脸甚至像是一张强盗的脸。我若是生了这样一张不体面的脸,也许会不敢朝任何人看上一眼的。另一个人的制服又脏又破,以至于在他身旁竟能闻到一股臭味。然而,这些先生没有一位感到难为情——无论是因为衣服、因为脸,还是由于精神上的什么原因。无论是这一位还是另一位,都不会想到,有人会带着厌恶打量他们;

---

① 涅克拉索夫这首诗写于 1845 年,发表于 1846 年,诗中的"你"为一堕落的女人,是处于社会底层的牺牲品——妓女。

即便他们想到了，他们也无所谓，只要别让上司看见就行。此刻，我完全明白了，由于自己无限的虚荣心，以及由此而来对自己的苛求，我在看待自己的时候常常带有发狂般的不满，这不满发展为厌恶，由此，我便在想象里将自己的观点强加给了每一个人。比如说，我恨自己的脸，发现它很可憎，我甚至怀疑这脸上有什么下流的表情，因此，每次上班时，我总要竭尽全力使自己显得尽可能地独立不羁，以免别人怀疑到我的下流，而脸上的表情也要显得尽可能地高贵。"就让脸蛋不漂亮好了，"我在想，"但是要让它显得高贵，富有表情，主要的是，要让它显得非常聪明。"然而，我确切地、痛苦地知道，我永远也无法用我的脸表达出所有这些优点。但是，最为可怕的是，我发现自己的脸真的是愚蠢的，而我本来在心里是可以完全不予计较的。我甚至承认表情有些下流，只要与此同时我的脸能让人觉得是极其聪明的就行了。

　　自然，我恨我们办公室里所有的人，从上到下的每一个人，我蔑视所有的人，但同时似乎又害怕他们。常有这样的情形，我甚至会突然把自己看得比他们高。这时我便会时而蔑视他们，时而认为他们高于自己。一个有修养的、体面的人即使有虚荣心，也不会不严于律己，有时甚至蔑视自己到了憎恨的地步。但是，蔑视他人也好，抬高他人也好，我在遇见每一个人时几乎都会垂下目光。我甚至做过试验，看我能否顶住某个人射来的目光，结果，总是我首先垂下目光。

这使我痛苦得要发疯。我也怕显得可笑，怕到了病态的地步，因此，我奴性地崇拜一切涉及外貌的陈规陋习；我心甘情愿地循规蹈矩，从心底里害怕自己有任何古怪的举动。可我哪里能坚持得住呢？我像一个我们时代的人所应该成为的那样，可他们所有的人却都是愚蠢的，彼此就像羊群中的羊那样相像。也许，整个办公室里只有我一个人常常觉得，我是个胆小鬼和奴隶；而这正是因为，我觉得我是有教养的。然而，这不仅是觉得，而且事实上果真如此——我是个胆小鬼和奴隶。我这么说并无任何的难堪。我们时代的每一个正派人都是，并且一定是胆小鬼和奴隶，这是他的正常状态。我对此深信不疑。他们生来如此，他们的禀赋就是这样的。一个正派人就一定是胆小鬼和奴隶，不仅当今如此，也不仅是由于某些偶然的境况所导致的，而且，在所有时代都是这样。这是世界上所有正派人的自然规律。如果正派人中间偶尔有人鼓起勇气要有所作为，那也无法以此自我安慰和自我陶醉，因为他在别人面前还是会感到胆怯。这便是唯一的、永恒的出路。只有蠢驴及其低能杂种才会胆大妄为，但它们也会在某一堵墙面前停步的。它们是不值得关注的，因为它们微不足道。

当时，折磨我的还有这样一个情况：没有一个人与我相像，我也不像任何一个人。"我是孤身一人，而他们却是全体。"我这样想，便沉思起来。

由此可见，我还完全是一个小毛孩。

也时常出现相反的情况。有时去办公室上班我也感到讨厌，结果到了这样的地步，许多次下班回家，我竟像个病人。但是突然之间，无缘无故地，又会袭来一阵怀疑和冷漠的情绪（我什么都是一阵一阵的），于是，我自己也会嘲笑自己过于偏执和喜爱挑剔的毛病，也会指责自己的浪漫主义。我时而不想和任何人谈话；时而又甚至会不仅要交谈，而且还想朋友般地与他们交往。所有的挑剔突然之间就会无缘无故地一扫而光。也许，我从来不曾有过这挑剔，这挑剔是假装的，来自书本的，谁会知道这一点呢？直到今天我仍未能解决这个问题。有一次我甚至完全与他们交上了朋友，开始拜访他们的家，一起玩牌、喝酒、谈工作……但是在这里请允许我说一段离题的话。

一般而言，我们俄国人从来不曾有那种外国式的，尤其是法国式的愚蠢的、超然世外的浪漫主义者，没有任何东西能对这些人产生影响，即便是大地在他们脚下裂开，即便是整个法国都死在街垒上，他们还是老样子，没有变化，甚至是为了体面，他们会依旧唱着自己超然世外的歌，也就是说，会一直唱到死，因为他们都是傻瓜。在我们这儿，在俄国的土地上，却没有傻瓜，这是众所周知的；这正是我们有别于其他国家，如德国等的地方。因此，我们没有这些纯粹超然世外的天性。我们当时那些"积极的"政论家和批评家们，抓住了科斯坦若格洛①们和彼得·伊万诺维奇大叔②们，便愚蠢地将他们当作我们的理想，臆造出我们的这些浪漫主义者来，认为他们就是那些超然世外的人，就像是在德国或法国那样。相反，我们的浪漫主义者的品质是与超然的欧洲浪漫主义者截然不同的，任何一个欧洲的尺度在我们这里都不适用。（请允许我使用"浪漫主义者"这个词，这个古老的、可敬的、名实相符和众所周知的字眼。）我们的浪漫主义者的品质就是：理解一切，看见一切，而且看得无比清晰，常常胜过我们那些最最积极的智者们；不与任何人和任何东西相妥协，但与此同时，也不嫌弃任何东西；不回避一切，不事事让步，对待一切都很得体；时刻不忘有利的、实际的目的（某些公家住宅、退休金、勋章）——越过热情和一卷卷抒情诗集来注视这一目的，与此同时，至死都毫不动摇地怀着"美与崇高"，而且还顺便完整、精心地像珍藏某件珍宝那样保全自己，虽然，比如说，这样做还是为了有利于那个"美与崇高"。我们的浪漫主义者是一个豁达不羁的人，是我们所有骗子中的头号骗子。我要让你们相信这一点……甚至是凭经验来说。自然，这一切是假定浪漫主义者是聪明的，也就是说，我说的是什么话呀！浪漫主义者永远是聪明的，我

---

① 果戈理的小说《死魂灵》第二部（1852）中的人物，是一个勤劳的地主。

② 冈察洛夫的小说《平凡的故事》（1847）中的人物，以思维健全、办事认真而出众。

仅仅想指出，虽然我们也有过傻瓜浪漫主义者，但这是不算数的，其唯一的原因就是，他们还在风华正茂的时候就彻底变成了德国人，为了更方便地保存自己的珍宝，他们移居到了那儿的某个地方，大多数都迁到了魏玛或黑林山①。比如我，真心蔑视自己的公务，只是出于需要才没有唾弃它，因为我自己就坐在那里，并且因此而领到钱。结果——请你们注意，我便始终没有唾弃。我们的浪漫主义者是宁愿发疯（这很少发生）也不会唾弃的，如果他没有另一个职业，又从未有人赶他走的话，除非他以"西班牙国王"②的身份被送进疯人院，即便这样，也要等到他已经疯得非常厉害的时候。但是要知道，在我们这里只有纤弱的人和浅色头发的人才会发疯。无数浪漫主义者后来都成了高官，其兴趣是多么广泛而又多面哪！适应各种最最矛盾的感受的能力又多强啊！我当时曾深感欣慰，就是此刻仍怀有同样的想法，正因为如此，我们才有这么多"豁达开朗的天性"。他们甚至在彻底堕落时也从来不会丧失自己的理想；虽然他们为了这理想甚至不愿动动指头，虽然他们是些十恶不赦的强盗和窃贼，但他们还是尊重自己最初的理想，在内心也异常地诚实。是啊，只有在我们中间，彻头彻尾的恶棍才可以在内心完全地，甚至

---

① 均为德国地名。魏玛系文学艺术中心，黑林山多矿泉疗养地。

② 果戈理的小说《狂人日记》（1835）中的主人公波普里希恩曾认为自己是西班牙国王。

是崇高地保持诚实,同时又毫不妨碍他仍然是个恶棍。我再重复一遍,要知道,在我们这些浪漫主义者中有时会连续不断地出现能干的坏蛋(我爱用"坏蛋"这个词),他们会突然惊人地表现出对现实的嗅觉和对积极事物的认识,使得吃惊的上司和公众只能惊呆地对着他们咂嘴。

这多面性的确是令人吃惊的,天晓得这多面性将会转变成什么,在随后的环境下又将修炼成什么,在我们的未来它又将向我们预示出什么?一种不坏的材料啊!我这样说话,不是出于某种可笑的爱国主义或是克瓦斯爱国主义①。不过,我相信,你们准又认为我是在开玩笑。谁知道呢,也许正好相反,也就是说,你们相信我的确是这样认为的。无论如何,先生们,你们的两种意见都将被我视为荣誉,视为一种特殊的快感。而这段离题的话还请你们原谅。

当然,我没能保持与我的同事们的友谊,很快就与他们吵翻了,由于当时还年轻,没有经验,甚至连招呼也不再跟他们打,像是绝交了。不过,这种情况只发生过一次。总的来说,我一直是一人独处的。

在家的时候,首先,我做得最多的事是阅读。我想用外在的感觉来压抑自己内心中不断积聚起的东西。而对于我来

---

① 克瓦斯是俄国人爱喝的一种发酵饮料;"克瓦斯爱国主义"指那种珍重自己民族的一切(包括落后的东西在内)、盲目排斥所有外来东西的夜郎自大的态度。

说，获取外在感觉的唯一可能就是阅读。阅读当然是很有帮助的——它使人激动，使人欢乐，使人痛苦，但有时也会非常枯燥。我总是好动，于是突然之间，我陷入了阴暗的、地下的、肮脏的放荡——不是放荡，而是淫荡。我的情欲由于我那常有的、病态的激奋而非常强烈、炽热，常常有歇斯底里的发作，还伴有眼泪和抽搐。除了阅读之外我无处可去，也就是说，那时在我的周围没有任何东西值得我敬重，也没有任何东西能吸引我。此外，苦闷又日益郁积，出现了一种歇斯底里的矛盾和对立的渴望，于是，我便听任自己放荡起来。要知道，我此时说了这么多话，绝对不是在为自己辩护……然而，不！我是撒谎！我正是想为自己辩护。先生们，我这是为自己而记下来的。我不愿撒谎。我答应过的。

我的放荡是单独地，是在夜间偷偷摸摸、提心吊胆、卑鄙龌龊地进行的，我感到羞耻，这羞耻感在最丑恶的时刻也没有离开我，在那样的时刻它甚至会发展成为诅咒。我那时在心灵里就已有了一个地下室。我非常害怕，怕有人看到，怕有人碰上，怕有人知道。我常在各个黑魆魆的地方走动。

有一次夜间，在路过一家小酒馆时，透过灯光明亮的窗户，我看到几位先生正在台球桌边挥着球杆打架，其中的一位被人从窗户扔了出来。换一个时候，我会感到非常厌恶，但那时却突然出现了这样的情况，我竟羡慕起这位被扔出来的先生，羡慕得甚至走进了酒馆，来到了台球室，心想："好吧，我也来打一架试试，叫他们也把我从窗户扔出去。"

我并没有喝醉酒，可你们让我怎么办，苦闷竟能逼得人如此歇斯底里！结果什么事情都没发生。我也没有能力从窗户跳出去，于是没有打架就走开了。

可我在那儿刚刚迈出第一步，就有一位军官拦住了我。

我站在台球桌旁，无意中挡了道，而那位却要经过这里，他扳住我的肩膀，一声不吭地——既不提醒一下，也不做解释——将我从我原来站立的地方挪到了另一个地方，而他自己则走了过去，仿佛什么也没看见。而我就是挨了一顿揍也能原谅，可却无论如何也不能原谅这样的事：他将我挪了地方，却连看也不看一眼。

鬼才知道，我当时能用什么来挑起一场真正的、更为正当的争吵，一场更为体面，亦即更有文学意味的争吵！别人像对待一只苍蝇那样对待我。这位军官身高两俄尺十俄寸①左右，我却是又矮小又虚弱。不过，吵还是不吵，却取决于我。只要我提出抗议，当然，我就会被扔出窗外。但是，我更改了主意，认为上策还是……怀着怨恨偷偷地溜走。

我又羞又恨地走出小酒馆，直接回到家，第二天我比先前更胆怯、更畏缩、更忧愁地继续着我的放荡生涯，眼中似乎满含着泪水，却仍然继续放荡。但是，你们不要认为我怕那位军官是出于胆怯。我在内心里从来不是一个胆小的人，

---

① 1俄寸合4.45厘米，1俄尺等于16俄寸，故此军官的身高约为1.87米。

虽说事实上我总是很胆怯，但是，请你们先别笑，对此我会做解释的；在我这里一切都会得到解释的，请你们相信。

唉，如果这位军官同意与我决斗就好了！但是不，他恰恰是这样的先生（唉！这种人早已消失得无影无踪了）中的一员，他们宁可动用台球杆，或者，就像果戈理笔下的庞罗果夫中尉①那样，按上级的意思行事。他们是不会来决斗的，他们认为，和我们这类老百姓决斗，至少是不体面的，而且一般而言，他们也认为决斗是某种不可思议的、充满自由思想的、法兰西式的东西，而他们自己则可以心满意足地欺负别人，尤其是在他们具有两俄尺十俄寸身高的情况下。

我之所以害怕，不是出于胆怯，而是出于漫无止境的虚荣心。我惧怕的不是两俄尺十俄寸的身高，不是被痛打一顿并被扔出窗外；实际上，肉体上的勇敢也许是足够的，精神上的勇敢却不足。我怕的是，当我提出抗议并用文学性的语言与他们谈话时，所有在场的人，从这个无赖记分员，到那个浑身臭气、满脸粉刺、领子上满是油腻、在此阿谀奉承的小官吏，都会理解不了，并且都会笑我。因为，关于荣誉问题，也就是说，不是关于荣誉本身，而是关于荣誉问题（与名誉有关的问题），除了文学性的语言之外，在我们这里至今还无法以其他的方式来谈论。在平常的语言中是不会提及

---

① 庞罗果夫中尉是果戈理的小说《涅瓦大街》（1835）中的人物，他在受到欺负后首先想到的是去向将军汇报。

"荣誉问题"的。我绝对相信（虽说有全部的浪漫主义情绪，却还有对现实的嗅觉！），他们所有的人只会笑破肚皮，而那位军官却不只简单地揍我一顿，也就是说，不会不带恶意地揍我一顿，他一定会用膝盖顶住我，以这种方式揉着我绕台球桌转上一圈，然后，等他发了慈悲之心，就会把我扔出窗外。我这件小小的事是不会就这样结束的。后来，我常常在街上遇见这位军官，我清楚地认出他来。我只是不知道他有没有认出我来。也许他没有认出来，我是根据某些迹象得出这个结论来的。但是，我，我——却带着愤恨和憎恶看着他，就这样持续了……数年！我的愤恨甚至在逐渐积累，与年俱增。起初，我开始悄悄地打探关于这个军官的事。这对我来说是困难的，因为我不认识任何人。但是有一次，当我像拴在他身上似的远远跟着他时，有人在大街上叫了他的姓氏，于是，我知道了他的姓。又一次，我跟踪他一直到他的住所，付出十戈比，我从守院人那里了解到他住在哪儿，住几楼，是一个人还是和什么人住在一起，等等——一句话，我从守院人那里了解到我所能了解到的一切。一天清晨，虽说我从未有过文学上的尝试，可还是突然产生一个想法，想以揭露的方式、用漫画和小说的形式来描写一下这位军官。我带着快感写起这篇小说。我揭露了，甚至还造谣中伤；我起初虚构了一个姓氏，人们一看这个姓氏便能猜出是谁，后来，经过深思熟虑，我更换姓氏，将小说寄给了《祖国纪事》①。但是，该刊那时没有揭露性的东西，我的小说于是没有发表出来。这让我很气恼；有时，愤恨简直要将我憋死。最后，我决定向我的对手提出决斗。我写了一封优美动人的信给他，要他向我道歉；我相当坚决地暗示，若遭到拒绝，将进行决斗。这封信写得如此之好，如果那位军官稍稍懂得一些"美与崇高"，他就一定会跑到我的面前，搂住我的脖子，表现出他的友谊。这该有多好啊！这样我们就会和好了！就会和好了！"他会用他的官相来保护我；我也会使他高尚起来的，用我的修养，还有……思想。还可能会有许多交情啊！"请你们想想，当时，从他欺负了我的那一天算起，已经过去两年了，我的挑战是一个最不成体统的时间倒错现象，尽管我那封信写得非常巧妙，对时间的倒错有所解释和掩盖。但是，谢天谢地（至今，我仍在含着眼泪感激上帝），我并没有寄出我的那封信。一想到如果我寄出了信便可能发生什么样的事情，一阵寒意便会掠过我的皮肤。可突然……可突然，我以一种最简单、最天才的方式复了仇！一个明亮的思想突然映亮了我。有时，在节日的时候，我会在四点钟走向涅瓦大街，在有阳光的一侧散步，也就是说，我完全不是在散步，而是在体验无数的痛苦、屈辱和苦涩；但是，这

---

① 1839 至 1884 年在彼得堡出版的一份月刊，创办者为安·亚·克拉耶夫斯基；别林斯基一直主持该刊的批评栏，当时该刊在社会上有很大影响。至 1846 年，因别林斯基退出，该刊倾向有所变化，声誉也随之大减。

大约正是我所需要的。我像泥鳅一样，以一种最不优雅的方式，曲折穿行在行人中间，不停地给人让路，时而让路给将军们，时而让路给骑兵军官们，时而让路给太太们；在这些时刻，一想到我衣着寒酸，一想到我在躲躲闪闪让路时身影的寒酸相和猥琐模样，便会感到心上一阵痉挛性的疼痛和背上的一阵滚热。这是一种折磨人的痛苦，一种无休止的、难以承受的屈辱，引起这痛苦和屈辱的是一个想法，这想法转变成一种无休止的、直接的感觉，即我是一只苍蝇，在这整个世界面前，我是一只肮脏的、淫秽的苍蝇——比所有人都更聪明，比所有人都更有修养，比所有人都更高贵——这是自然而然的，但是，却是一只要不停地给所有人让路的苍蝇，一只遭受所有人侮辱、遭受所有人欺凌的苍蝇！我为什么要让自己遭受这样的痛苦呢？我为什么要到涅瓦大街上去呢？我是不清楚吗？但是，总有什么东西在吸引我，只要一有可能就去那里。

那时，我已经开始体验我在第一章中提到过的那些快感了。在与军官有关的那件事情发生之后，我被更强烈地吸引到了那里。正是在涅瓦大街上，我能最为经常地遇见他，我就在那儿将他欣赏。在节日里，他也更多地到那儿去。虽说，在将军们的面前，在一些大官们的面前，他也要闪身退让，也要像泥鳅一样在他们之间曲折而行，但是，面对我们的兄弟这样的人，甚至是面对那些比我们的兄弟更有身份的人，他却简直要践踏上来；他径直走向他们，仿佛他的面前是一片空旷的空间，无论如何也不让路。我满腔愤恨，盯着他，却……每一次都愤恨地给他闪开了道。使我感到痛苦的是，甚至是在大街上，我无论如何也无法与他平起平坐。"你为何一定要首先闪开身去呢？"有时，夜里两三点钟醒来，在疯狂的歇斯底里之中，我会这样对自己发问，"为什么恰好是你，而不是他呢？要知道，并没有关于这一点的法律呀，要知道，哪儿也没写着这一条呀！还是要让他平等待人，就像有礼貌的人相遇时通常所做的那样——他让一半道，你让一半道，彼此相互尊重，你们便过去了。"但是，事情却不是这样的，闪开身体的总是我，而他甚至没有觉察到我给他让了路。有一个最惊人的想法突然抓住了我："如果，"我在想，"我遇见他而……不给他让路，那又会怎样呢？有意不让路，甚至撞上他也不让，那又会怎样呢？"这个大胆的想法渐渐强烈地抓住了我，竟使我不得安宁。我不停地、可怕地幻想着这一点，故意更频繁地走上涅瓦大街，以便更清楚地设想，我该怎样做，我在什么时候做。我充满了喜悦。我越来越感觉到，这个打算是可行的、可能的。"当然，不要完全撞上，"我在想，由于欢乐我已经事先就心生善意了，"仅仅是不要闪到一旁，撞他，也不要撞得太凶，肩膀碰碰肩膀，恰好在能保持礼貌的范围内；他以多大的力撞我，我就以多大的力撞他。"最终，我完全下定了决心。但是，准备工作却花去了非常多的时间。在实行计划的时候，首先需要的是更体面的外表，需要关心一下服装问题。"比如说，万一形成一件公众事件（而此处的公众是考究的——有伯爵夫人在行走，有 Д① 公爵在行走，有整个文学界在行走），那么就必须穿着出色；这能使人产生一种感觉，能以某种方式使我们在上流社会看来是处在平等地位上的。"抱着这一目的，我申请预支薪水，在楚尔金处买了一副黑色的手套和一顶体面的帽子。我觉得，这副黑色手套比起我起初想要的那副柠檬色手套来，要更庄重、更雅致一些。"颜色太刺眼了，简直就像是一个人想要探出头来。"于是，我没有买柠檬色的。一件缀有白色骨制纽扣的漂亮衬衫，我早就预备下了；可是，外套却耽搁了很久。我的那件外套原本是不错的，很暖和；但是，它却是件棉外套，领子是浣熊皮的，这就有些卑琐的味道了。无论如何，必须换一个领子，弄一个假獭绒的，像军官们穿的那样。为了这事，我去了商场，经过几番挑选，我相中一块便宜的德国假獭绒。这种德国假獭绒虽然很快就会穿坏，会变得非常难看，但一开始，当它还是崭新的时候，看上去却是非常体面的；要知道，我也只需派它一次用场。我问了问价，仍然是很贵的。一番深思熟虑之后，我决定卖掉我的浣熊皮领子。

不足的部分对于我来说依然是个相当大的数目，我决定去向我的科长安东·安东诺维奇·谢托奇金借钱。他是一个和气的人，却又很严肃、庄重，从不借钱给任何人，但是，

---

① 俄语字母，发音类似于"德"。

在我刚刚来上班的时候，给我派定工作的那位要人曾特别对他介绍过我。我感到非常苦恼。去向安东·安东诺维奇·谢托奇金借钱，这使我感到是奇异的、羞耻的。我甚至有两三夜都没睡着觉，而在当时，我一般都是睡得很少的，得了寒热病；我的心脏似乎常常不知不觉地停止跳动，要不，就是突然猛烈地跳动起来，跳哇，跳哇！……安东·安东诺维奇起初很是吃惊，然后皱起眉头，然后又判断了一阵，还是把钱借给了我，他要我立一个字据，要在两个星期后从我的薪水中收回借款。就这样，一切终于都准备停当了——漂亮的假獭绒代替了肮脏的浣熊皮，我也开始慢慢地着手工作了。不能在第一次就下定决心，那是枉然的；这件事需要技巧，也就是说，需要慢慢来。但是我承认，在许多次尝试之后，我甚至都开始绝望了。我们无论怎样也撞不上，总是这样！也许是我没有做好准备，也许是我没能拿定主意，我觉得，我们马上就要相撞了，可是我一看——我又让开了道，而他则走了过去，并未注意到我。在走近他的时候，我甚至做了祈祷，求上帝赐给我决心。有一次，我已经完全下定了决心，可结果，只不过是我倒在了他的脚边，因为在最后的一刹那，在两俄尺左右的距离中，我就缺乏勇气了。他平静地从我身上迈了过去，而我则像一个球一样飞到了一旁。这天夜间，我又得了寒热病，不停地说胡话。可是突然，一切却都再好不过地结束了。此前一天夜里，我已彻底决定不再实施我那个有害的计划了，就让这一切算是一场白忙吧，怀着这一目

63

的，我最后一次走向涅瓦大街，只是为了看一看：我是怎样让这一切成为一场白忙的？突然，在离我的敌人三步远的地方，我意外地下定了决心，我眯起眼睛，于是——我们肩膀碰肩膀，结实地撞了一下！他甚至没有回头看我一眼，他装出一副没有察觉的样子；但他只是在做样子，我对此深信不疑。直到今天，我仍对这一点深信不疑！当然，我被撞得更厉害一些，因为他更强壮，但问题还不在于此。问题在于，我达到了目的，保持了尊严，一步也没有退让，在大庭广众之下使自己与他处在平等的社会地位上。我走回家去，彻底地为自己所遭受的一切做出了报复。我非常高兴，我扬扬得意，唱起了意大利咏叹调。当然，我不会向你们描述三天之后发生在我身上的事情；如果你们读了我的《地下室手记》第一章，你们自己也能猜得出。那位军官后来被调到什么地方去了；如今，我已经有十四年左右没有见到他了。他，我的小鸽子，如今怎么样了？他如今正在欺压什么人呢？

二

但是，我的放荡时期结束了，我变得非常心烦，开始悔恨了。我驱走它，因为它太烦人了。然而，我渐渐地对此也习惯了。我能习惯一切，也就是说，不是习惯，而像是自愿地同意承受。但是，我有一条能顺应一切的出路，这就是躲进"一切美与崇高"之中，当然，是在幻想之中。我非常爱幻想，一连幻想三个月，缩进自己的角落，请你们相信，在这样的时刻，我可不像那位心慌意乱地在自己的外套领子上缝了一块德国假獭绒的先生。我突然成了一位英雄。那时，我甚至不会让我那位身高两俄尺十俄寸的中尉前来拜访。那时，我甚至想不起他来。我的幻想是什么样的，我又是怎么会满足于这些幻想的——这一点此刻很难说清，但那时，我对此是感到满意的。而且，就在此刻，我仍然对此多多少少感到满意。在放荡之后，我的幻想更甜蜜、更强烈，夹杂着后悔和泪水，夹杂着诅咒和欣喜。有过这样一些真正陶醉的时刻，这样一些幸福的时刻，以至于我内心里甚至没有感到丝毫嘲讽的味道，的确是这样，有过信念、希望和爱情。也就是说，我那时曾盲目地相信，会有某种奇迹、某种外在的条件突然将这一切扩展开来；那高贵的、美好的且主要是完全现成的（究竟是怎样的，我也从来不清楚，但主要的是，完全现成的）个人活动的地平线，会突然呈现出来，于是，我突然步入世间，几乎还身骑白马，头戴桂冠。对于次等的角色我甚至不能理解，因此，在现实之中，我便心安理得地扮演极端的角色。要么是一个英雄，要么是一堆污泥，中间状态是不存在的。正是这想法毁了我，因为，当置身于污泥中，我宽慰自己说，我来日是一个英雄，而英雄就遮得住自己的污泥。据说，一个普通人会因为沾上了污泥而羞愧，而一位英雄则由于他过于高大而不至于完全受到玷污，因此，他沾上些污泥也无所谓。值得注意的是，这些"一切美与崇高"的思绪是在我放荡的时候涌出来的。当时，我已处在最底层，这些思绪纷至沓来，像此起彼伏的闪电，似乎在提醒别人不要忘记它们，但是，它们却没有用自己的出现去消灭放荡，恰恰相反，它们仿佛在用对比煽动放荡，它们涌来，其数量也恰好与通常所需的上好调味汁的数量相等。这种调味汁由矛盾和苦难构成，由痛苦的内心分析构成，所有这些形形色色的痛苦却使我的放荡具有了某种逗趣的味道，甚至使我的放荡具有了意义——一句话，它们完全起了上好调味汁的作用。所有这一切甚至不无某种深刻内涵。可我又怎能赞同这简单的、庸俗的、直截了当的、抄写员之流的放荡呢？怎能独自承受所有这些污泥呢？那污泥之中有什么能诱惑我、使我在夜间跑到大街上去呢？不，对于这一切，我有一个高贵的脱身之计……

然而，在我的这些幻想之中，在这一切"美与崇高中的救助"之中，我体验到了多少爱呀，上帝呀，有多少爱呀。虽说是来自幻想的爱，虽说是事实上永远不能运用于人类的任何事物，但是，这爱却如此之多，到后来，甚至连运用它的需要也感觉不到了，因为这爱已成了多余的奢侈品。不过，一切总是以慵懒地、陶醉地沉湎于艺术而顺利告终，也就是归于那些优美的、完全现成的生活形式，从诗人和浪漫主义者那里剽窃来的，它们能够适应各种各样的需求。比如说，我战胜了所有的人；所有的人，当然都已化作灰烬，都不得不心甘情愿地承认我所有的美德，而我也原谅了他们所有的人。作为一个出色的诗人和宫廷侍从，我恋爱了；我获得了万贯资产，又立即将资产全都给了人类，并在众人面前忏悔自己所有的耻辱，当然，那些耻辱也不全是耻辱，其中也包含非常之多的"美与崇高"，包含某种曼弗雷德①式的东西。所有的人都在哭泣，都在吻我（不然他们怎么会是傻瓜呢），而我则赤着脚、饿着肚皮前去宣传新的思想，并在奥斯特里茨②附近击溃了反动派。然后，奏起进行曲，宣布大赦，教皇同意离开罗马去巴西；③然后，是在博尔杰泽别墅为整个意大利举行的一场舞会，别墅建在科莫湖岸上，因为科莫湖为了这件事被特意移到了罗马；④然后，是灌木丛中的一幕；等等。你们难道不知道吗？你们会说，在我自己坦白出的那些陶醉和眼泪之后，再将这一切带向市场，这是卑鄙的、下流的。为什么是下流的呢？难道你们认为我会为所有这一切而感到害羞吗？所有这一切会比你们这些先生们的生活中随便什么东西更加愚蠢吗？请你们相信，我这里还留有一些完全

---

① 英国诗人拜伦的哲理诗剧《曼弗雷德》（1817）中的主人公，他离群索居，遗世独立，最后高傲地死去，是所谓"拜伦式英雄"的典型。

② 现为捷克的斯拉夫科夫市，1805年12月2日拿破仑第一次在此地大败俄奥联军。

③ 此处的教皇指庇护七世，他自1800年起为罗马教皇，1804年为拿破仑举行加冕礼，后与拿破仑发生冲突，实际上沦为后者的囚徒，直到1814年才返回罗马。

④ 指为庆祝法兰西帝国的建立而于1806年8月15日（拿破仑的生日）举行的庆祝活动；博尔杰泽别墅建在罗马，科莫湖位于意大利北部的阿尔卑斯山区。

不坏的东西……并非一切都发生在科莫湖上。不过，你们是对的；的确，这既卑鄙又下流。而更为下流的是，我此刻发表了这个意见。不过，够了，要知道，这样说下去就没个完了，总有一个比另一个更为下流的东西……

三个多月来，我无论如何也无法连续地幻想下去，而开始感觉到一种难以遏制的需求，想闯入社会。闯入社会，在我就意味着到我的科长安东·安东诺维奇·谢托奇金处去做客。这是我一生中唯一一位永久的熟人，如今，连我自己都因这个情况而感到吃惊。但是，只有当我的幻想发展成为幸福，因而一定需要马上与人们、与整个人类拥抱的时候，我才会去他那里；为了这拥抱的事，就至少需要有一个实际存在的人在场。不过，安东·安东诺维奇那儿必须逢周二（他的日子）去，因此，拥抱整个人类的需求就必须永远安排在周二。这位安东·安东诺维奇家住五角地[①]，住在四层楼上四个低矮的房间里，那些房间一个比一个小，具有最经济、最愁苦的特征。他有两个女儿，还有一位不停地斟茶的孩子们的姨妈。两个女儿，一个十三岁，一个十四岁，两个都是翘鼻子的小姑娘，我在她俩面前很害羞，因为她俩总是窃窃私语，哧哧发笑。男主人通常坐在书房里，坐在一张皮沙发上，面对书桌，和他坐在一起的常有一位白发客人，一位我们部门的官吏，或者甚至是一位其他部门的官吏。除了这两三位

[①] 彼得堡的一处地名。

一成不变的来客，我从未在那里见到过别的客人。宾主谈论消费税，谈论参政院中的交易，谈论薪水，谈论公事，谈论上级大人，谈论得宠的窍门等等，等等。我耐心地像个傻瓜似的在这些人身旁坐到四点钟，听他们谈话，自己却不敢，也不会与他们扯起任何话题。我呆坐着，有几次要流出汗来，我有麻痹瘫痪的危险；但是，这也有好处和益处。回到家之后，我便会将我那拥抱整个人类的愿望搁置上一段时间。

不过，我仿佛还有过一位熟人，他叫西蒙诺夫，是我过去的同学。我的同学恐怕有很多都在彼得堡，但我却不与他们来往，甚至在大街上也不再打招呼了。我转到另一个部门去工作，也许，就是为了不与他们在一起，为了与我那整个可恨的童年一刀两断。我诅咒那所学校，诅咒那些可怕的、苦役般的岁月！一句话，我刚一走向自由，便立即与我的同学们分道扬镳了。我在遇见时还打招呼的同学只剩下两三位了，西蒙诺夫就是其中的一位。他在我们学校中一点儿也不出众，他性格稳重、安静，但是我却在他的身上分辨出了性格的某种独立性，甚至是诚实。我甚至不认为他是一个非常没有远见的人。我与他之间曾有过一些相当灿烂的时刻，但是那样的时刻持续得并不长久，不知为何又突然蒙上了一层迷雾。显然，这样一些回忆使他感到沉重，他似乎总是害怕我旧事重提。我怀疑他很讨厌我，但我仍然经常去他那里，我尚未确信他是否讨厌我。

一次，在周四，我忍受不了自己的孤独，又知道安东·安东诺维奇家的门在周四是锁着的，便想起了西蒙诺夫。爬上四楼去见他时，我想到的却是，这位先生会因为我而感到苦恼的，我的到来是多此一举。但是，事情又总是这样结束的，诸如此类的想法却似乎是有意地使我更深地滑入了左右为难的境地。因此，我便走了进去。我最后一次见西蒙诺夫到现在，将近有一年了。

三

在他那里我还遇见了我的两位同学。看来，他们是在谈论一件重要的事情。对于我的到来，他们几乎谁也没有表现出任何的关注，这简直是奇怪的，因为我与他们已经数年未谋面了。显然，我被他们当成了一个普普通通的苍蝇似的东西。在学校时他们甚至都没这样瞧不起我，虽说学校里所有的人都憎恶我。我当然知道，如今，他们会蔑视我，由于我仕途上不走运，又由于我很堕落，加之衣着寒碜，等等，而这一切在他们的眼中构成了我无能和无足轻重的标志。但是，我仍然没有预料到他们会对我藐视到如此地步。西蒙诺夫甚至对我的到来感到惊异。在此之前，他也总是为我的到来而感到惊奇。所有这一切使我很难堪；带着点儿烦恼我坐了下来，开始听起他们的谈话。

谈话是严肃的，甚至是热烈的，谈的是一次送别宴会，这些先生想在次日共同为他们的一位将要远赴外省担任军官的同学兹维尔科夫饯行。兹维尔科夫先生也是我的同学。从高年级起，我开始非常恨他。低年级时，他不过是一个漂亮的、机灵的孩子，大家都喜欢他。不过，就因为他是个又漂亮又机灵的孩子，我在低年级时也恨他。他的学习成绩总是很差，而且越来越差；然而，他却顺利地毕了业，因为他有靠山。在上学的最后一年里，他得到一份遗产，有两百个农奴，由于我们所有的人几乎都很穷，因此他甚至能在我们面前大吹起牛皮来。这是一个极端的下流坯，但他又是一个好小伙子，就连在吹牛时也是这样。我们虽然在表面上、在幻想里和夸夸其谈时显得正直和自尊，可除了极少数人，大家甚至都会在兹维尔科夫的面前讨好献媚，他的牛皮也就吹得更厉害了。我们讨好他倒不是觊觎什么好处，而是因为他是个天之骄子，是个禀赋不凡的人。而且，兹维尔科夫还被我们公认为十分机灵和风度翩翩的人才。后一点尤其令我生气。我恨他那刺耳的、自信的嗓音；恨他卖弄他的俏皮话，他的那些俏皮话非常愚蠢，虽说他的嘴皮子很厉害；我恨他那张漂亮却又带点儿蠢相的脸（可我却情愿用自己这张聪明的脸去换他那张脸）；恨他那种四十年代的放肆的、军官式的举止；我恨他畅谈他将来与女人交往时会取得的成功（他尚未下决心开始与女人们交往，他还没有军官肩章，他正在急切地盼着那肩章）；我恨他谈到他将时时准备进行决斗。记得有一次在课间休息时，兹维尔科夫与同学们谈起将来的风流韵事，最后，他就像阳光下的一只小狗崽似的神气活现起来，突然宣称，他将不会放过他村子里的任何一位村姑，这就叫——初夜权，要是农夫们敢于反抗，他就用鞭子抽打所有那些大胡子坏蛋，并加倍收租。这时，一向沉默寡言的我却突然和兹维尔科夫争论起来。我们那些下流坯在拍手喝彩，而我却与他争论起来，我争论完全不是由于怜悯那些姑娘及其父亲们，而仅仅是因为，有人在为这么一个小子拍手喝彩。我当时占了上风，兹维尔科夫虽然愚蠢，但是很开心、很大胆，他甚至只是付之一笑。事实上，我并没能完全占得上风，笑容留在了他那一方。后来，他又有好几次占了我的上风，但并非心怀恶意，而像是开玩笑，顺便嘲笑嘲笑。我则愤恨地、蔑视地没有搭理他。毕业时，他曾经稍稍接近过我，我也没有过于反对，因为这使我得到了满足；但是不久，我们就很自然地分了手。后来，我听说了他那军中尉官的成就，听说他在纵饮作乐。后来，又传来一些消息，说他在军中干得很出色。在大街上，他已经不与我打招呼了，我怀疑他是怕与我这样的小人物点头致意会有损他自己的名声。还有一次，我在剧院里见到他，他坐在三楼包厢，军服的肩部已经有了穗带。他正在一位老将军的几个女儿面前大献殷勤，死乞白赖地追求她们。三年之间，他变得非常邋遢了，虽说还像从前一样相当漂亮、灵巧；他有些浮肿，开始发福了；显而易见，到三十岁时他便会完全虚胖起来。我的同学们举行宴会，就是为了这位将要离去的兹维尔科夫。这三年来，他们经常与他来往，虽说他们内心里并不认为自己可以与他平起平坐，对这一点我确信无疑。

西蒙诺夫的两位客人中，有一位叫费尔菲奇金，是一个德裔俄国人，他个子矮小，又长着一张猴脸，这是一个喜爱嘲弄别人的笨蛋，他从低年级开始就是我最凶恶的敌人——一个下流、大胆、爱吹牛皮的家伙，他总要摆出一副颇为自负的神情，当然，他内心里却是个胆小鬼。他是兹维尔科夫的崇拜者之一，这些崇拜者装出奉承兹维尔科夫的样子，并常常向他借钱。西蒙诺夫的另一位客人，特鲁多柳博夫，是个不显眼的人物，一个青年军人，他身材高大，脸上冷冰冰的，他相当诚实，但他崇拜一切功名，也只会谈论升迁。他是兹维尔科夫的一个远亲，说来可笑，这一点竟使他在我们中间具有了某种意义。他总是不把我当回事；他的态度虽说不十分礼貌，但尚可承受。

"好吧，如果每人出七卢布，"特鲁多柳博夫说道，"我们三个人就是二十一卢布，可以好好吃上一顿了。当然，兹维尔科夫是不用出钱的。"

"那当然喽，既然是我们请他。"西蒙诺夫说道。

"难道你们以为，"费尔菲奇金自以为是、满怀热情地插话说，就像一个无耻仆人吹嘘他的将军老爷的勋章一样，"难道你们以为，兹维尔科夫会只让我们付账吗？出于客气他是会接受的，但是，他会拿出半打酒来的。"

"我们四个人哪里喝得了半打呢？"特鲁多柳博夫说道。他只注意到了"半打"这个词。

"就这样吧,三个人,加上兹维尔科夫是四个,二十一卢布,在巴黎饭店,明天五点。"被推举为组织人的西蒙诺夫最后做出了决定。

"为什么是二十一卢布呢?"我说道,带着某种激动,看来甚至还带有抱怨,"如果算上我,就不是二十一卢布,而是二十八卢布呀。"

我觉得,我这样突然介绍自己,甚至是干得非常漂亮的,他们所有人都会一下子被镇住,都会敬重地看着我。

"难道您也想加入?"西蒙诺夫不满地说道,似乎还没拿正眼瞧我。他对我了解得很透彻。

他对我了解得很透彻,这使我非常生气。

"为什么不呢?要知道,我好像也是一个同学呀,老实说,你们躲开我,这甚至是让我感到遗憾的。"我又一次冲动起来。

"哪儿找得见您呢?"费尔菲奇金粗鲁地插话道。

"您和兹维尔科夫也一向合不来呀。"特鲁多柳博夫皱着眉头说道。但是,我已经抓住了话头,我是不会罢休的。

"我认为,关于这样的问题,谁也没有权利说三道四,"我嗓音颤抖着反驳道,像是发生了什么天大的事,"也许,正因为从前合不来,我现在才想加入。"

"唉,谁又能理解您的……这种高尚……"特鲁多柳博夫笑了笑。

"算上您吧,"西蒙诺夫转向我,做出了决定,"明天五点，在巴黎饭店，可别弄错了。"

"钱呢！"费尔菲奇金的脑袋冲我这边点了点，低声对西蒙诺夫说道。但他说了半截就停下了，因为连西蒙诺夫都感到难堪了。

"得了，"特鲁多柳博夫说着，站起身来，"既然他非常想去，就让他去吧。"

"可我们是朋友间的小聚呀，"费尔菲奇金愤愤地说道，也拿起了帽子，"这可不是一个正式的会议。也许，我们完全不想让您……"

他俩走了。费尔菲奇金离开的时候，根本没跟我打招呼，特鲁多柳博夫稍稍点了点头，也没看我一眼。单独与我在一起的西蒙诺夫，有些懊丧地犹豫不决，奇怪地看着我。他没有坐下，也没有请我坐下。

"嗯……好的……就明天。钱您是现在交吗？我是想确切地知道。"他有些尴尬地嘟囔道。

我火了，但就在冒火的时候我想起，很久之前我曾从西蒙诺夫那里借了十五卢布，那笔债其实我从未忘记，可也一直没还。

"您是知道的，西蒙诺夫，在来这儿的时候，我不可能知道……我非常抱歉，我忘了……"

"好吧，好吧，反正都一样。明天您在吃饭时付吧。我只是想知道……您，请……"

他说了半截就停下了，开始带着更多的懊丧在房间中踱步。他又边走边停,脚跟碰脚跟,这样一来脚步声就更响了。

"我耽误您的事了吗?"在两分钟的沉默之后,我问道。

"噢,不!"他突然抖动了一下,"不过,说实话,是耽误了。您瞧,我还得出趟门……不远……"他用抱歉的声音说道,模样有些难为情。

"啊,我的天!您为什么不明说呢!"我拿起帽子,喊了起来。不过,我的神情是非常随意的,天知道我的这副神情是哪里来的。

"这又不远……就两步路……"在送我至前厅时,西蒙诺夫又重复说,显露出一种与他绝不相称的慌乱神情,"说定了,明天五点整!"他在楼梯上向我高声喊道。他为我的离去而感到非常满意,我却气得发疯。

"干吗要跳出来呢?干吗要跳出来呢?"我咬牙切齿地走在大街上,"就为了这么个恶棍,这么个小猪崽兹维尔科夫!当然,不应该去;当然,该啐上一口:我与他有什么关系?明天我就通过市邮局通知西蒙诺夫……"

但是,我之所以大怒,恰恰是因为我明确无误地知道:我是会去的;我是有意要去的;越是不相宜,越是不体面,我越是要去。

甚至连不要去的实在障碍都是存在的,我没有钱。我总共只剩下九卢布;但其中的七卢布明天得作为月薪付给我的仆人阿波罗,他住在我这里,七卢布是供他自己起伙用的。

根据阿波罗的性格来判断,不付钱给他是不可能的。不过关于这个坏蛋,关于我的这个脓包,后面我找个时间再谈。

不过,我清楚,我终究是会不付给他薪水而一定要去赴宴的。

这天夜里,我做了一些荒唐至极的梦。这是不难理解的,因为整个晚上我都沉浸在关于学校生活那些苦役般岁月的回忆中,我无法摆脱它们。把我塞进这所学校的,是我的那些远亲,我曾依靠他们而生活,我从入学起就再也没有关于他们的概念了——他们将一个已被他们的斥责弄垮的、已能够思考的、默默无语的、野性地看待一切的孤儿塞进了学校。同学们以恶毒、无情的嘲笑迎接我,因为我与他们中间的任何一个人都不相像。但是,我却忍受不了嘲笑;我却不能轻易地与人相处,不能像他们彼此之间那样和睦相处。我立即仇恨起他们来,我脱离所有人,陷入一种胆怯、屈辱、过度的高傲。[1]他们的粗鲁使我愤慨。他们无耻地嘲笑我的长相和我麻袋一样的身材;可与此同时,他们自己的长相却是多么愚蠢哪!在我们学校里,面部表情不知为何尤其会变得愚蠢起来,会发生变化。进入我们学校的,有许多漂亮的孩子,几年过后,他们却变得面目可憎了。早在十六岁的时候,我便忧郁地为他们而吃惊了;在那个时候,他们的思维之浅陋,他们行事、游戏、谈吐之愚蠢,就已使我感到惊讶

---

[1] 此处所说的情况,很像陀思妥耶夫斯基在此后的长篇小说《少年》中所叙述的主人公阿尔卡季在图沙尔寄宿中学受同学欺侮的情况。

了。他们不懂得那些最为必需的东西，他们对那些给人以教益、使人激动的事物毫无兴趣，因此，我不由得认为自己比他们高明。不是遭受屈辱的虚荣心促使我这样想的，看在上帝的份儿上，请你们不要冒失地向我发出那些腻烦到恶心程度的官腔，说什么我只是在幻想，而他们在当时就已经明白了现实的生活。他们什么也不明白，不明白任何现实的生活，我敢起誓，这一点最使我对他们感到愤慨。相反，对于最显而易见、最刺眼的现实，他们却幻想般愚蠢地接受，并在当时就已习惯于只崇拜成功。对一切正义的，却遭受了屈辱和迫害的东西，他们都要铁石心肠地、可耻地加以嘲笑。他们将官衔奉为智慧，他们在十六岁的时候就已谈论起各种肥缺。当然，这里的许多东西都是由于愚蠢，由于那一直环绕着他们童年和少年的坏榜样。他们放浪不羁，达到了变态的地步。当然，这里更多的是外在的东西，更多的是假装出来的无耻；当然，即便是在放荡时，他们身上也会闪现出青春和某种清新；但是，甚至连他们身上的清新也没有吸引力，而表现为某种胡闹。我非常恨他们，虽说我或许比他们还要坏。他们也回敬我同样的仇恨，并不掩饰对我的厌恶。但是，我已经不指望他们的爱意了；相反，我却经常渴望他们的侮辱。为了摆脱他们的嘲笑，我有意尽可能出色地学习，并终于名列前茅。这激起了他们的反应，而且，他们所有的人都渐渐地明白，我已经阅读了那些他们无法阅读的书籍，我已经懂得了那些他们闻所未闻的事情（这些事情还没有被列入我们的专业课)。他们野性地、嘲笑地看着这一点,但在精神上却服输了,而且由于这一点,甚至连教师们也对我另眼相看了。嘲笑停止了,但恶意却依然存在,形成一种冷漠、紧张的关系。最终,我自己坚持不住了,对于人际交往和友谊的需求在随着年龄的增长而增长。我试着开始与他人接近,但是,这种接近结果总是不自然的,因此也就自动地结束了。我有过一个朋友。但是,我在内心中已是一个专制暴君,我想无限地统治他的灵魂,我想使他产生对于他周围环境的蔑视,我要他与这个环境做出高傲的、彻底的决裂。我这充满激情的友谊吓坏了他,我把他弄得泪流满面,浑身抽搐;他有一个天真的、奉献的灵魂,但是,当他整个地奉献于我的时候,我却立即恨起他来,将他推开了——似乎,我需要他,仅仅是为了战胜他,仅仅是为了要他屈服。但是,我却无法战胜所有的人;我的朋友同样是一个与谁也不相像的人,是一个最罕见的例外。走出学校后我的第一件事情,就是扔下我自己给自己派定的那件特殊事务,以便斩断所有的乱麻,诅咒过去,让它化为灰烬……鬼才知道,在这之后,我为何又追上了这么个西蒙诺夫!……

清晨,我早早地起了床,激动地一跃而起,似乎所有这一切马上就要开始实现了。但是我相信,我生活中的某个根本性的转折正在到来,且一定会在今天到来。也许是由于不习惯吧,在我的一生中,每当碰到一个外在的、哪怕是最小的事件,我也总会感到我生活中的某个根本性的转折马上就将到来。不过，我仍像平时一样出门去上班，但为了做准备工作，我提前两小时溜回家来。我想，主要的是我不要第一个到达，否则他们会认为我是非常高兴的。但是，诸如此类的主要事情成千上万，它们搅得我无法招架。我亲手又擦了一遍靴子；阿波罗无论如何也不会在一天之内擦两遍靴子，他认为擦两遍是不合规矩的。为了不让阿波罗发觉，不让他日后看不起我，我从前厅偷来鞋刷，擦了起来。随后，我仔细地看了看自己的衣服，发现它竟然完全破旧不堪了。我是太邋遢了。制服也许还是完好无损的，但是，不能身着制服去赴宴哪。而主要的问题是，在裤子上，恰好就在膝盖上，有一块巨大的黄色污渍。我预感到，仅仅是这块污渍，就已能将我的尊严抹去十分之九。我也知道，我这样想是非常卑贱的。"但是，现在顾不上想来想去了；现在，现实正在到来。"我一想，便泄了气。其实我当时很清楚，这些事都被我给无限地夸大了。可是有什么办法呢？我已经控制不住自己了，在忽冷忽热地颤抖。我在绝望地想象，这个"恶棍"兹维尔科夫将如何倨傲地、冷漠地迎接我；傻瓜特鲁多柳博夫将带着怎样愚蠢的、无论如何也难以抗拒的蔑视看着我；小人物费尔菲奇金将如何下流地、大胆地嘲笑我，以博取兹维尔科夫的欢心；西蒙诺夫则会清楚地明白这一切，并将蔑视我卑下的虚荣和胆怯。主要的是，所有这一切都将是卑微的、不文雅的、平常的。当然，最好是绝对不去。但是，这却已是一件绝对不可能办到的事情了——只要有什么吸引了我，我便会从头到脚地完全沉浸其中。然后，我也许会终生地戏弄自己："怎么样，你害怕了，害怕现实，你害怕了！"相反，我非常想向所有这些"废物"证明，我完全不像我自己所想象的那样是个胆小鬼。此外，在胆怯的冷热病最剧烈地发作时，我总是幻想占据上风，幻想战胜他人，吸引他们的注意，并迫使他人爱自己——哪怕仅仅是"为了思想的崇高和明确无疑的机智"。他们会抛弃兹维尔科夫，他将坐在一旁，默默不语，满脸羞愧，而我将打垮兹维尔科夫。然后，我也许会与他和解，以"你"相称①地干上一杯。但是，对于我来说最可恶、最可气的就是，我当时就知道，就完全地、确凿地知道，所有这一切我并不想要，实际上并不需要，实际上我完全不希望打垮他们、征服他们、吸引他们，而如果我一旦达到了这样的目的，我也许会首先看不起自己。啊，我在拼命地祈求上帝，以便让这一天尽快过去！在难以表达的忧愁中，我走近窗户，打开气窗，望向那朦胧的昏暗，潮湿的雪在密密地飘落……

最终，我那只陈旧的挂钟敲了五下。我抓起帽子，竭力不看阿波罗一眼——他从清早起就一直在等我给他发薪水，但由于高傲而不想首先提出来——打他身旁闪出大门，乘上我故意花出最后半卢布雇来的马车，老爷般地向巴黎饭店驶去。

----

① 俄罗斯人以"你"相称表示关系亲近。

四

我还在昨晚就知道,我是会第一个到达的。但是,问题还不在于先到。

不但他们一个也没到,而且我甚至连我们订的房间也没找见,餐桌也还没有完全摆好。这是怎么回事呢?经过多次询问之后,我终于从侍者那里了解到,宴会订在六点,而不是五点。柜台里的人也证实了这一点。要是细问下去,甚至是害羞的。时间才刚刚五点二十五分。如果他们更改了时间,那无论如何也得通知一声呀;市邮局可办此事,也不至于使我在自己……甚至在侍者的面前蒙受"耻辱"哇。我坐下来,侍者开始摆餐桌;当着他的面,不知为何我越发感到难堪。快到六点的时候,除了点燃的几盏灯,房间里又拿进来几支蜡烛。然而,侍者却没有想到在我来到之后立即拿进这些蜡烛。隔壁房间里,有两位面色阴郁的顾客分别坐在不同的餐桌上就餐,他们看上去是在生气,默默不语。远处的一个房间里非常喧闹,甚至有人在喊叫;可以听见整整一帮人的哈哈大笑;可以听到一些用瞥脚的法语发出的尖叫声:那是一桌有太太们在场的酒席。总而言之,我非常难受,我很少有过比这更为糟糕的时刻,因此,当他们在六点整一下子全体出现时,我在一开始竟因他们而高兴起来,将他们当作救星,而几乎忘了做出一副委屈的模样。

兹维尔科夫第一个走了进来,显然是领头的。他和他们所有的人都在笑；但是，看到我后兹维尔科夫便端起了架子，他不慌不忙地走过来，微微弯着腰身，像是在故意卖弄，他向我伸过手来，温情地，但也不十分温情，显出某种谨慎的、近乎将军般的客气，似乎他伸过手来是在保护自己，防范着什么东西。我所设想的与此相反，我原以为他一走进屋便会哈哈大笑起来，发出他从前那种细嗓的、伴有尖叫的大笑，一开口就会冒出他那些平庸的笑料和俏皮话。从昨晚起我就在准备对付他的方式，可我无论如何也没有料到这种居高临下的、这种大人物般的温情。也许，如今他已经完全认为他在一切方面都无与伦比地高过我了吧？如果他仅仅想以这样一种将军派头来欺负我，倒还没什么；我想，我会以某种方式加以唾弃的。但是，如果他真的没有任何欺负人的愿望，如果他那颗羊脑袋里真的有这样一个念头，认为他无与伦比地高过我，他只能以一个庇护者的眼光来打量我，如果真是这样的话呢？仅仅由于这样一个猜测，我就已经喘不过气来了。

"我惊奇地得知，您也想参加我们的聚会，"他开了口，他的发音变了样，他压低声音，拉长话音，这都是他从前所不曾有的，"我们有很久没见面了。您总躲着我们，没必要哇。我们并不像您想象的那样可怕嘛。好吧，无论如何，很高兴恢——复——联——系……"

他随意地转身将帽子放在窗台上。

"您等了很久吗？"特鲁多柳博夫问道。

"我是五点整到的,是你们昨天通知我的时间。"我大声地答道,带有一种即将爆发的不满。

"你难道没有通知他改时间了吗?"特鲁多柳博夫问西蒙诺夫。

"没通知。我忘了。"这一位回答道,但他没有任何的懊悔,甚至也没有向我道歉,就跑去点凉菜了。

"这么说,您在这里已经一个小时了,唉,可怜的人哪!"兹维尔科夫嘲笑地喊道,因为根据他的理解,这件事的确应该是非常可笑的。紧随着他,下流坯费尔菲奇金也发出了下流的、尖细的声音,就像狗崽子的叫声一样。就连他也很为我的处境而感到可笑和难堪。

"这完全不可笑!"我越来越气愤,向费尔菲奇金喊道,"有错的是别人,而不是我。别人也不屑于通知我一声。这——这——这……简直荒唐。"

"不仅荒唐,而且还有点儿什么,"特鲁多柳博夫埋怨道,他在天真地为我鸣不平,"您也太软蛋了。这简直是不礼貌。当然,也不是有意的。西蒙诺夫怎能这样……唉!"

"如果跟我玩这一手,"费尔菲奇金说道,"我就会……"

"您就会给自己点上些吃的,"兹维尔科夫插话道,"要不就不等了,干脆吩咐上菜。"

"请你们相信,我本来也可以这样做,并不需要任何准许,"我打断了他们的话,"如果说我在等,那是……"

"入席吧,先生们,"走进门来的西蒙诺夫喊道,"一切都准备好了。我负责香槟，酒冰得很棒……要知道，我不知道您的住处，哪儿找您去呢？"他突然转身对我说道，但还是没瞧我一眼。显然，他是有些借口的。看来，他昨天就想好了。

众人入席，我也坐了下来。餐桌是圆形的，我的左手边坐的是特鲁多柳博夫，右手边是西蒙诺夫。兹维尔科夫坐在我的对面；费尔菲奇金坐在他身边，坐在他和特鲁多柳博夫之间。

"请——问，您……是在哪个厅里上班？"兹维尔科夫继续关照着我。见我一副窘态，他真的想到应该来抚慰我一下，也就是说，要让我振作起来。"他是怎么啦？他难道想让我朝他扔酒瓶不成。"我疯狂地想道。由于不习惯，我有些不自然地立刻生起气来。

"是在……一家……办公室。"我眼睛看着盘子，断断续续地说道。

"这……您……合算吗？请——问，是什么促——使您丢下了先前的工作呢？"

"我愿意丢下先前的工作，就是这促——使的。"我的拖腔有他的三倍长，我几乎控制不住自己了。费尔菲奇金鼻子哼了一声；西蒙诺夫嘲讽地看了看我；特鲁多柳博夫停止吃东西，也开始好奇地打量着我。

兹维尔科夫受了气，但他不愿表露出来。

"那——么，您的工资怎么样？"

"什么工资?"

"也就是薪——水。"

"您干吗要考我?"

不过,我还是立即说出了薪水的数目。我的脸羞得通红。

"不多。"兹维尔科夫一本正经地指出。

"是啊,还不够下馆子吃一顿的呢!"费尔菲奇金无耻地添了一句。

"我认为,这甚至就是贫穷。"特鲁多柳博夫严肃地说道。

"所以,瞧您瘦的,瞧您的变化……从那时起……"兹维尔科夫又说道。他已经不是不怀恶意的了,带着某种无耻的惋惜,他在打量着我和我的衣服。

"别再不好意思了。"费尔菲奇金咪咪地窃笑着,喊了起来。

"阁下,您要知道,我并没有不好意思。"我终于脱口而出,"请您听着!我在这里就餐,在这'馆子'里就餐,用的是自己的钱,自己的钱,而不是别人的钱,请您注意这一点,费尔菲奇金先生。"

"怎——么!谁不花自己的钱在这里就餐?您好像……"费尔菲奇金反驳道。他满脸通红,愤怒地看着我的眼睛。

"是——啊,"我答道,我感觉到自己已走得太远,"我认为,我们最好来点儿聪明的谈话。"

"看来,您是打算来展示您的智慧喽?"

"请您别担心,在这里完全用不着什么智慧。"

"您在这里瞎扯些什么呢,我的先生,啊?您是在您的

'停'①里弄出神经病来了吧?"

"够了,先生们,够了!"兹维尔科夫威严地喊道。

"这太愚蠢了!"西蒙诺夫埋怨道。

"真的,愚蠢,我们友好地聚会,来给一位好朋友饯行,您却来胡闹,"特鲁多柳博夫只冲着我一人粗鲁地说道,"昨天是您自己要参加我们聚会的,请您不要扰乱大家和谐的气氛……"

"够了,够了,"兹维尔科夫喊道,"别再吵了,先生们,这不合适。现在,最好还是我来给你们讲一讲,三天前我差一点儿结了婚……"

于是,一段关于这位先生三天前差一点儿结了婚的笑话开场了。但是,故事中并没有一个字是关于结婚的,出现的尽是些将军、校官,甚至还有宫廷侍从,而兹维尔科夫在他们中间似乎是个头儿。响起了赞许的笑声,费尔菲奇金甚至发出了尖叫。

大家抛下我不理,我坐在那里,像是一个败下阵来的人。

"上帝呀,这就是我的伙伴!"我在想,"我在他们面前简直像个傻瓜!我可是过多地忍让了费尔菲奇金。这些糊涂家伙认为,他们让我坐在这桌上是赏脸给我,可他们却不明白,是我,是我在赏脸给他们,而不是他们在赏脸给我!'瘦了!衣服!'哦,该死的裤子!兹维尔科夫刚刚注意到

---

① 费尔菲奇金有意将"厅"说成"停",以示讽刺。

我膝盖上的那块黄色污渍……这又有什么！此刻，我也许马上就从餐桌边站起身来，拿起帽子，一句话也不说，扬长而去……出于蔑视！哪怕是明天进行一场决斗也罢。恶棍们，要知道，我并不可惜那七卢布。也许，他们会认为……见鬼！我并不可惜那七卢布！我马上就走！……"

当然，我留了下来。

出于悲伤，我一杯接一杯地喝起拉斐特酒和核列斯酒①。由于不习惯，我很快就醉了，而气恼则在随着醉意的增长而增长。我突然想以一种最大胆的方式将他们全都侮辱一下，然后走开。抓住时机显示一下自己——就让他们去说：这人虽说可笑，倒也聪明……还有……还有……总之，见他们的鬼去！

我用醉醺醺的眼睛无礼地扫了他们一下，但是，他们似乎已经完全忘记了我。他们那边很是喧哗、热闹、开心。兹维尔科夫一直在说着什么，我仔细听了起来。兹维尔科夫谈的是一位雍容华贵的夫人，他最后向她表白了爱情（当然，他是在撒谎）。在这件事情上，他的一位密友帮了他很大的忙，他的这位密友叫科里亚，是个公爵、骠骑兵，拥有三千农奴。

"不过，这位拥有三千农奴的科里亚，为什么没在这里给

---

① 一种烈性白葡萄酒。

您钱行呢?"我突然介入了谈话。众人一时沉默不语。

"您现在已经醉了。"终于,特鲁多柳博夫朝我搭了腔。他轻蔑地斜眼看着我这边。兹维尔科夫默默地看着我,像是在看一只小甲虫。我垂下了眼睛。西蒙诺夫赶忙斟起香槟来,特鲁多柳博夫举起酒杯;除了我,众人皆随着他举起了杯子。

"为你的健康干杯,祝你一路平安!"他向兹维尔科夫叫喊道,"为过去的岁月,先生们,干杯,为我们的未来,乌拉!"

众人干了杯,还跑去和兹维尔科夫接吻。我没有动,满满的一杯酒原封不动地摆在我的面前。

"您难道不准备喝吗?"失去了耐心的特鲁多柳博夫凶狠地面对我,叫喊道。

"我想来一通我的演说,尤其是……然后我就会喝的,特鲁多柳博夫先生。"

"讨厌的恶棍!"西蒙诺夫抱怨道。

我坐在椅子上挺直身体,颤抖着拿起酒杯,准备做出一件非同寻常的事情,我自己也不清楚我将说出什么样的话来。

"安静!"费尔菲奇金叫道,"就要出智慧啦!"兹维尔科夫严阵以待,他知道是怎么回事。

"兹维尔科夫中尉先生!"我说了起来,"您知道吗?我恨漂亮话、说漂亮话的人和穿紧身衣的腰身……这是第一点,接下来是第二点。"

他们全都沉不住气了。

"第二点,我恨风流韵事和风流汉子。尤其恨风流汉子!

"第三点,我爱真理和真诚,"我几乎是机械地继续说道,因为我由于恐惧已经开始感到手脚冰凉了,我自己也不明白我为什么要这样说话……"我爱思想,兹维尔科夫先生;我爱真正的友谊,要平等相待,而不是……嗯……我爱……不过,干吗说这些呢?我要为您的健康干杯,兹维尔科夫先生。您去勾引契尔克斯女人吧,您去向祖国的敌人开枪吧,还有……还有……为了您的健康,兹维尔科夫先生!"

兹维尔科夫从椅子上站起来,向我鞠了一躬,说道:

"非常感谢您。"

他深感屈辱,甚至连脸都发白了。

"见鬼。"特鲁多柳博夫吼道,一拳砸在桌上。

"不,为这该揍他的脸!"费尔菲奇金喊道。

"该把他赶出去!"西蒙诺夫抱怨道。

"别说话,先生们,别动手!"兹维尔科夫庄重地喊道,制止了众人的愤怒,"我感谢你们大家,但是我自己能够向他证明,我是多么看重他这些话。"

"费尔菲奇金先生,为了您刚才这些话,明天您得满足我的一个要求!"我郑重地转向费尔菲奇金,高声对他说道。

"就是要决斗喽?请吧。"那人回答道。但是,也许是我在提出决斗时的样子太可笑了,也许这与我的体形不相称,他们所有的人都笑得要死,连费尔菲奇金也跟着他们笑了。

"好了,当然,别去理他!他已经完全醉了!"特鲁多柳博夫厌恶地说道。

"让他参加进来，为这事我永远不能原谅自己。"西蒙诺夫再次抱怨道。

"现在我就把酒瓶向他们扔去。"我想着，拿起了酒瓶，然后……给自己斟了满满的一杯酒。

"……不，我最好在这里一直坐到结束！"我继续在想，"如果我走开了，先生们，你们就会感到高兴的。这可不行。我偏要坐在这里，一直喝到结束，以此来表明我根本就看不起你们。我将坐在这里喝酒，因为这里是酒馆，而我已经为进这酒馆付过钱了。我将坐在这里喝酒，因为我把你们都看成是小卒子，一些并不存在的小卒子。我将坐在这里喝酒……还要唱歌，是的，如果我想唱，我就要唱，因为我有这样的权利……唱歌……嗯。"

但是，我没有唱歌。我仅仅在竭力不去看他们中的任何一个；我摆出一副最为独立的姿势，焦急地等待着他们首先与我搭话。但是，唉，他们就是不来搭话。此时，我是多么、多么地想与他们和解呀！时钟敲了八下，最后是九下。他们从桌边挪到沙发上。兹维尔科夫躺倒在沙发上，将一条腿架在圆桌上。葡萄酒也被搬到那里。他果然向他们提供了他自己的三瓶酒。当然，他没有请我喝那酒。众人都围着他，坐在沙发上。他们听着他的话，几乎是恭恭敬敬的。看来，他们都喜爱他。"为什么？为什么？"我暗自在想。时而，他们会出现带有醉意的喜悦，于是便互相亲吻。他们在谈高加索，谈什么是真正的情欲,谈卡里比克牌①,谈职务上的肥缺;他们在谈他们谁都不认识的骠骑兵波德哈尔热夫斯基有多少收入,使他们感到高兴的是,那个人的收入很多;他们在谈他们同样谁也没有见过的Д公爵夫人那非凡的美丽和优雅;最后,他们一直谈到了莎士比亚的不朽。

我轻蔑地笑了一笑,在房间的另一边踱着步,在沙发的正对面,贴着墙壁,在桌子和壁炉之间来回走着。我想尽一切力量来证明,我没有他们也能行,而且,我还有意跺着靴子,后跟磕后跟地站住。但这一切都是徒劳的,他们竟毫不在意。我有耐心就这么走下去,正当着他们的面,从八点走到十一点,一直在这个地方,从桌边走到壁炉,又从壁炉走回桌边。"我就这样走,谁也无法制止我。"走进屋里来的那个侍者好几次停下来看着我;由于频繁的转向,我的脑袋发晕了;有几个片刻,我觉得自己是在梦中。在这三个小时中,我出了三次汗,又焐干了三次。怀着最深刻的、恶毒的痛苦,我心里时而想道:再过十年,再过二十年,再过四十年,甚至是再过四十年,我仍然会带着厌恶和屈辱回忆起我整个一生中这些最卑鄙、最可笑、最可怕的时刻。这样昧着良心、这样心甘情愿地侮辱自己,已是无以复加了,我也完完全全地明白这一点,可还是继续在桌子和壁炉之间来回走着。我不时地想:"啊,但愿你们能知道,我有怎样的感情

---

① 一种狂热的牌戏。

和思想，我有多好的修养啊！"我在想象中转向那张我的敌人们坐于其上的沙发，但我的敌人们却毫不理会，似乎房间里根本没我这么个人。一次，只有一次，他们向我转过身来，当时，兹维尔科夫刚好谈到莎士比亚，而我突然轻蔑地哈哈大笑起来。我十分做作、凶狠地用鼻孔哼了一声，以至于他们全都一下子停止交谈，默默不语地看了我两三分钟，他们神情严肃，没有发笑，看着我沿着墙壁，从桌子走向壁炉，看到我丝毫没有注意他们。但是，什么结果也没有，他们并没有搭话，两分钟后，他们再次将我抛开了。时钟响了十一下。

"先生们，"兹维尔科夫从沙发上站起身来，叫道，"现在，我们全都去那儿吧。"

"当然，当然喽！"其余的人都说道。

我突然转向兹维尔科夫。我痛苦、难受到了极点，就是粉身碎骨我也要结束这一切了！我在时冷时热地颤抖；汗湿的头发又干了，紧贴在前额和太阳穴上。

"兹维尔科夫！我请求您的原谅。"我生硬地、坚决地说道，"费尔菲奇金，也求您原谅，求大家原谅，求大家原谅，我有辱大家了！"

"啊哈！决斗可不是好玩的呀！"费尔菲奇金恶毒地说道。

我的心被刺痛了。

"不，我并不怕决斗，费尔菲奇金！我准备明天就与您决斗，在讲和之后。我甚至坚持这一点，您不能拒绝我。我要向您证明，我并不害怕决斗。请您先开枪，而我会把子弹射向天空。"

"他是在自我安慰。"西蒙诺夫说。

"简直是在说梦话！"特鲁多柳博夫附和着。

"请您让我们过去，您挡着道了！……嗨，您要干什么？"兹维尔科夫轻蔑地回应。他们全都脸色通红，眼睛泛光，都喝多了。

"我请求您的友谊，兹维尔科夫，我侮辱了您，但是……"

"侮辱了？您——您！侮辱了我——我！知道吗，阁下，在任何时候、任何情况下您都侮辱不了我！"

"您也够讨厌的了，滚吧！"特鲁多柳博夫说道，"我们走。"

"奥林匹娅是我的，先生们，说定了！"兹维尔科夫喊道。

"我们不争！我们不争！"他们笑着回答他。

我屈辱地站在那里。这帮人吵吵嚷嚷地走出房间，特鲁多柳博夫拖长声音哼着一首无聊的歌。西蒙诺夫为了给侍者们小费，稍稍耽搁了一会儿。我突然走到了他身边。

"西蒙诺夫！给我六卢布！"我坚决地、绝望地说道。

他用那双呆呆的眼睛非常惊讶地看了我一眼。他也醉了。

"难道您也要和我们一起去那儿？"

"是的！"

"我没有钱！"他简短地说道，轻蔑地笑了笑，走出了房间。

我抓住他的外套。这是一场噩梦。

"西蒙诺夫！我看到您有钱，您干吗拒绝我呢？难道我是一个恶棍吗？拒绝我，您可要当心！如果您能知道，如果您能知道，我是为什么而求您的！全都取决于此啊，一切东西，我的整个未来，我的所有计划……"

西蒙诺夫掏出钱，几乎是将它扔给我的。

"拿去吧，如果您这样无耻的话！"他残忍地说了一句，就跑去追赶其他人了。

我一个人站了一会儿。混乱，残羹剩饭，地板上打碎的酒杯，溢出的酒，烟头，脑袋中的醉意和睡意，心中痛苦的忧愁，最后，还有那个看到了一切、听到了一切，并在好奇地看着我的眼睛的侍者。

"去那儿！"我喊了一声，"要么是他们全都跪下，抱着我的腿，祈求我的友谊，要么……要么是我给兹维尔科夫一记耳光！"

五

"这下，这下终于和现实发生冲突了，"我嘟囔着，一口气跑下了楼梯，"就是说，这已不是离开罗马迁往巴西的教皇了；就是说，这已不是科莫湖上的舞会了！"

"你是个恶棍!"一个声音在我的脑中掠过,"因为你现在还在嘲笑这件事。"

"随便吧!"我高喊着,在回答自己,"要知道,现在一切都已经完了!"

他们已经没了踪影;但是,反正都一样,我知道他们去了哪儿。

台阶边孤零零地站着一个赶夜班马车的车夫,他穿着粗呢外衣,全身落满了一直飘落不止的潮湿的、似乎还是温暖的雪。空气又湿又闷。车夫那匹毛茸茸的花斑小马身上也落满了雪,在喷着响鼻,这些我都记得很清楚。我跳进树皮制成的雪橇;但是,就在我抬起脚来刚想坐下的时候,却忆起了西蒙诺夫刚才扔给我六卢布的事,这使我心灰意冷,我像个口袋似的躺倒在雪橇里。

"不!为了挽回这一切,要做很多事!"我喊道,"但是,要么马上挽回,要么在今夜立即死去。走!"

我们的马车动了起来。一阵旋风在我的脑中打转。

"跪下来祈求我的友谊,他们是不会干的。这是幻影,卑鄙的幻影,是令人讨厌的、罗曼蒂克的、虚妄的幻影;就像科莫湖上的舞会一样。因此,我应当给兹维尔科夫一个耳光!我必须打。就这样,决定了;我现在就冲过去给他一个耳光。"

"快赶哪!"

车夫拉紧了缰绳。

"我一走进去就打。在打耳光之前要不要说上几句话作为开场白呢？不！干脆一走进去就打。他们全都会坐在地板上，而他会和奥林匹娅一起坐在沙发上。该死的奥林匹娅！她有一次嘲笑过我的脸，还拒绝过我。我要揪住奥林匹娅的头发，而对兹维尔科夫则要揪那两只耳朵！不，最好还是只揪住一只耳朵，揪住一只耳朵拖着他在整个房间里打转。也许，他们会一起来打我、揉我的。这甚至是确定无疑的。就让他们来打我吧！毕竟是我首先打了他一个耳光，是我挑的头，有没有尊严，这一下子就定了；他已经蒙羞了，除了决斗，他无论怎样出拳也洗刷不了自己脸上的耳光了。他必须进行决斗。现在，就让他们打我吧，就让这些卑鄙的人来打我吧！特鲁多柳博夫会打得很凶的，他是那样有力；费尔菲奇金会从侧面抓住我，他一定会揪头发的。但是，让他们去，让他们去吧！我就是冲这个来的。他们的羊脑袋最终也不得不在这里尝一尝悲剧性的滋味了！在他们将我拖向门口的时候，我会冲他们喊叫，说他们实际上还抵不上我的一个小拇指头。"

"快赶，车夫，快赶哪！"我向车夫喊道。

他甚至颤抖了一下，抖了抖鞭子。我的喊声已是非常野性的了。

"我们将在黎明时决斗，这事已经决定了。与厅里的事情算是结束了。刚才，费尔菲奇金还把'厅'说成'停'。但是，哪里去弄手枪呢？废话！我预支薪水，然后去买。火药呢？子弹呢？这是决斗助手的事了。这一切在黎明之前还来得及做好吗？我到哪里去找决斗助手呢？我又没有熟人……"

"废话！"我喊道，更加上火了，"废话！"

"我要向在大街上遇见的第一个人提出请求，他必须做我的助手，就像他必须从水中拖出一个溺水者一样。一些极其离奇的情况也应该允许出现。也许，我明天甚至会去求我的科长做决斗助手，仅仅是出于一种骑士情感，他就应该同意，并保守秘密！安东·安东诺维奇……"

问题在于，就在这一时刻，我比全世界任何一个人都更清楚、更鲜明地意识到我那些意图最下贱的荒诞不经，意识到所有的消极后果，但是……

"快赶，车夫，快赶，混蛋，快赶哪！"

"哎，老爷！"那车夫答道。

一阵寒意突然笼罩了我。

"最好……最好……现在就直接回家？哦，我的上帝！我昨天干吗、干吗要来参加这个宴会呢！但是不，不可能不来！干吗在桌子和壁炉之间散步三个小时呢？不，是他们，他们，而不是别的什么人，应该与我算清这散步的账！应该由他们来洗去我的这个耻辱！"

"快赶哪！"

"如果他们把我送到警察局去，怎么办呢？他们不敢！他们害怕出丑闻。如果兹维尔科夫出于蔑视而拒绝决斗，怎么办呢？这甚至是确定无疑的；但是，我会向他们证明……在他明天动身的时候，我会冲向驿站，在他登上马车的时候，我会抱住他的腿，扯下他的外套。我要用牙咬他的胳膊，我要咬他。'大家都来看哪，一个绝望的人会被逼到什么样的境地呀！'就让他打我的脑袋好了，而他们全都会紧随其后。我要向所有观众喊道：'你们看哪，这个小狗崽子，他要脸上带着我的唾沫去勾引契尔克斯女人了！'

"当然，在这之后，一切就都完蛋了！都将从地面上消失。我会被抓起来，我会遭到审判，我会被赶出机关，会坐牢，会被流放到西伯利亚去。没关系！十五年过后，当我被释放出狱，我会身穿破衣烂衫，像个乞丐似的跟踪他。我将在一个外省城市中的什么地方找到他。他已经结婚，很幸福。他有了一个成年的女儿……我会说道：'看，恶棍，你看我这瘦削的面颊和这破烂的衣衫！我失去了一切——仕途、幸福、艺术、科学、心爱的女人，而这一切都是由于你。手枪就在这里。我来这里是为了卸空我的手枪……并原谅你。'于是，我向空中开了一枪，后来，我就无踪无影了……"

我甚至哭了起来，虽说在这一时刻我十分确切地知道，所有这一切都来自西尔维奥①和莱蒙托夫的《假面舞会》。突然，我感到非常羞愧，羞愧得使我让马车停了下来，我走出雪橇，冒雪站在大街上。车夫叹着气，吃惊地看着我。

"怎么办？去那儿是不行的，那会是胡来；把事情搁下来

---

① 普希金的小说《射击》（1831）中的主人公。

也不行，因为它已经发生了……上帝！怎能将这事搁下呢！而且是在遭受了这样的屈辱之后！"

"不！"我喊道，又重新坐回雪橇，"这是事先注定的，这就是命运！快赶，快赶，到那儿去！"

急不可耐之中，我朝车夫的脖子上揍了一拳。

"你干吗，干吗打人？"车夫喊道。但他还是给了那匹劣马一鞭子，使得那马尥起蹶子来。

潮湿的雪鹅毛般地落着；我敞开胸口，已顾不上落雪了。我已忘记了其余的一切，因为我已经最终决定去打耳光，我恐惧地感觉到，这件事无疑马上就会发生，现在就会发生，已经没有任何力量能将它阻止。寂寞的街灯在雪夜的昏暗中忧郁地闪亮，就像是葬礼上的火把。雪花钻到我的外套、礼服和领带里面，并在那里融化；我并没有拢紧胸口的衣服：要知道，就是没有这些雪花，一切反正也都已丧失殆尽了！终于，我们到了地方。我跳下车，几乎已失去知觉，我跑上楼梯，手脚并用地敲起门来。我的腿非常无力，尤其是膝盖部位。不知为何，门很快就被打开了；似乎有人知道我将前来。（的确，西蒙诺夫事先通知了，说也许还有一个人要来，而来这里是必须事先通知的，通常是要事先防范的。这里是当时那些"时髦商店"中的一家，那些"商店"如今早就被警察局取缔了。白天，它真的是商店；而到了晚上，只有得到介绍的人才能前去做客。）我快步经过阴暗的店堂，来到我熟悉的、总共只点着一支蜡烛的大厅，但我却犹豫不决地站住了——他们一个也没在。

"他们在哪儿？"我问一个人道。

但是，他们，当然，已经成功地散去了……

我面前站着一个人，面带愚蠢的微笑，是女老板本人，她有点儿认识我。一分钟后，她打开门，另一个人走了进来。

我什么也不去注意，只在房间里踱着步，好像还在自言自语。我似乎死里逃生了，我的整个身体都快乐地预感到了这一点：要知道，我原本是要来打耳光的，我一定、一定会打耳光的！可是现在，他们却不在……一切全都消失了，一切全都改变了！……我环顾四周，我还没能想明白；我机械地看了一眼那走进屋来的姑娘——一张清新的、年轻的、有些苍白的脸闪现在我的眼前，那张脸上有两道直挺的乌眉，有一道严肃的、似乎略带惊讶的眼神。我立即喜欢上了这一切；如果她在微笑，那我是会讨厌她的。我更仔细地打量起来，也似乎是在更使劲地打量，因为思想还没能完全集中起来。在这张脸上，有着某种淳朴的、善良的东西，但也有一些严肃得令人奇怪的东西。我相信，她由于这一点在这里是要吃亏的，那些傻瓜中没有一个人能看中她。而且，她也难以称为美人，虽说她身材修长、健壮，四肢匀称。她的穿着非常简朴。某种下流的东西吞噬了我，我径直向她走去……

我偶尔扫了一眼镜子。我那张惊恐的脸庞令我感到非常厌恶：这是一张苍白的、凶狠的、下流的脸，披着又长又乱的头发。"让它去吧，我喜欢这样，"我想道，"我就是喜欢让她觉得讨厌；这使我感到高兴……"

六

……在隔板后面的什么地方，像是遭受到了一种强大的压迫，像是被人卡住了脖子，一座钟在嘶哑地响着。在悠长得不自然的嘶哑声之后，紧接着传来一个尖细的、可恶的、突然来自近处的声响，像是有人突然向前冲了出来。钟敲了两下，我醒了过来，虽说我并未睡着，而只是在迷迷糊糊地躺着。

在这狭窄、拥挤、低矮的房间里，在这堆满了巨大的衣橱、废弃的纸盒和各种破布烂衣的房间里，几乎完全没有亮光。在房间尽头的桌子上，一支燃尽的蜡烛头已经熄灭，只偶尔闪出一星微微的亮点。几分钟后，就将是一片黑暗了。

我刚刚恢复知觉；可我却毫不费力地马上就回忆起了一切，似乎有什么在监视我，以便再次冲过来。而且，就是在昏迷时，仿佛仍有一个无论如何也难以忘怀的点永久地留在记忆中，在这个点的周围，我那些惺忪的幻想在沉重地徘徊。但奇怪的是，此刻，在我苏醒的时候，我感到这一天里在我身上所发生的一切都已经是很久很久的往事了，我对这一切的经受仿佛已经很久很久了。

脑中充满了冲动。仿佛有什么东西在我的上方掠过，在触动我、召唤我，使我不安。忧愁和苦恼再次翻腾起来，在寻求发泄。突然，在我的身边，我看到了两只睁着的眼睛正好奇地、固执地看着我。那目光冷漠、忧郁，好像完全是旁观者的目光；那目光令人难受。

一个忧郁的思想在我的脑中诞生，并像某种讨厌的感觉一样传遍了全身，这就像你走进潮湿、腐朽的地下室时的那种感觉。这两只眼睛恰好在此刻想到要开始仔细地将我打量，这是有些不自然的。我又回忆起，两个小时间我没有和这个人说过一句话，也不认为有说话的必要。不久之前，这不知为何甚至让我感到高兴。此刻，我突然清楚地产生了一个荒唐的、像蜘蛛一样讨厌的放荡念头，这种放荡没有爱情，既粗野又无耻，它只能直接来自真正的爱情消失之时。我们就这样久久地相互对视着，但在我的注视之下，她并没有垂下自己的眼睛，也没有移开自己的视线，最后，我不知为何竟感到害怕了。

"你叫什么名字？"我结结巴巴地问道，为的是早些结束这一切。

"丽莎。"她几乎是耳语似的答道，但不知为何完全是冷淡的，她还移开了眼睛。

我沉默了一会儿。

"今天的天气……下雪……讨厌！"我几乎是自言自语地说道，又忧郁地将一只手垫在脑后，看着天花板。

她没有答话。这一切都很不像样。

"你是本地人吗？"过了一会儿，我把脑袋稍稍地转向她，几乎是带着气恼地问道。

"不是。"

"从哪儿来的?"

"从里加来。"她不大情愿地说。

"是德国人?"

"俄罗斯人。"

"早就来这里了?"

"来哪儿?"

"来这座屋子。"

"两个星期。"她的话越来越不连贯、越来越不连贯了。蜡烛完全熄灭,我已无法看清她的脸。

"有父母亲吗?"

"是……不……有。"

"他们在哪儿?"

"在那儿……在里加。"

"他们做什么?"

"没什么……"

"什么叫没什么?他们是什么人?什么身份?"

"市民。"

"你一直和他们住一起?"

"是的。"

"你多大了?"

"二十。"

"你为什么要离开他们呢?"

"没什么……"

这个没什么意味着：别再纠缠了，讨厌。我们沉默起来。

天知道我为什么没有走开。我自己也变得越来越厌烦，越来越忧愁。过去这一整天的形象，不知怎么竟自动地、不受我的意志控制地、杂乱无章地出现在我的记忆中。我突然忆起了早晨在街头看到的一幕，当时我正心怀恐惧地去上班。

"今天有人抬棺材出门，还差点儿掉了下来。"我突然说出声来。我完全不是想挑起话头，而几乎是无意之中脱口而出的。

"棺材？"

"是的，在干草市场上；是从地窖里抬出来的。"

"从地窖里？"

"不是从地窖，而是从地下那层楼里抬出来的……嗯，你知道……在那地下……从那家妓院里……四周全是污泥……蛋壳、垃圾……臭气……真脏。"

沉默。

"今天下葬可糟了！"我又说道，只是为了不再沉默。

"有什么糟的？"

"下雪，太湿……"（我打了一个哈欠。）

"反正都一样。"一段沉默之后，她突然说道。

"不，不好……"（我又打了一个哈欠。）"掘墓人想必要骂人的，因为下着湿雪。坟坑里想必也有水。"

"坟坑里为什么会有水呢？"她带着某种好奇问道，但她

105

的发音比先前更含糊、更不连贯了。突然有什么东西挑逗我说下去。

"怎会没有呢,水,在墓坑底部,有六俄寸深。在沃尔科夫公墓,你连一个干燥的墓穴也挖不出来。"

"为什么?"

"什么为什么?那块地方多水,那儿到处是沼泽,人们只好把棺材放在水里。我亲眼见到过……好多次……"

(我一次也未见到过,而且,我也从未到过沃尔科夫公墓,我只是听别人说过。)

"难道你觉得死活反正都一样吗?"

"我为什么要死呢?"她答道,像是在自卫。

"你总有一天要死的,就像刚刚死去的那位姑娘一样。她也是……也是一位姑娘……是得肺病死的。"

"妓女最好是死在医院里……"("她已经知道这件事了。"我想道。她说的是"妓女",而不是"姑娘"。)

"她欠老板娘的账,"我反驳道,越来越想争论,"她为老板娘干活儿,几乎一直干到最后一刻,虽说还得了肺病。周围的车夫和士兵们都在谈论这事,想必他们是她的老相识。他们在笑。他们还打算在酒馆里为她举行丧宴呢。"(我在这儿撒了许多谎。)

沉默,深深的沉默。她甚至一动也不动。

"你是说,最好是死在医院里?"

"反正还不是一样?……可我为什么要死呢?"她又生气

地添了一句。

"现在不会,以后也会的?"

"以后怎么啦……"

"不这样才怪呢!你现在年轻、漂亮、鲜艳,所以你还有身价。再过一年这样的生活,你就不再是这样的了,你就会枯萎的。"

"再过一年?"

"至少,再过一年,你的身价会降低的,"我幸灾乐祸地继续说道,"你得离开这里,搬到另一家更低一等的院子去。再过上一年,又会搬到第三家院子去,档次越来越低,七八年过后,你就会走进干草市场上的地窖。这还算是好的,而糟糕的是,除此之外,你若是得了什么病,比如说,胸口的病……或是感冒,或是其他什么病,在那样的生活中,病是很难好的,染上了,也许就摆脱不掉了。那你就会死的。"

"那我就死吧。"她非常愤恨地回答道,并迅速转动了一下身体。

"这很可惜呀。"

"可惜谁?"

"可惜生命。"

沉默。

"你有过未婚夫吗?啊?"

"关您什么事?"

"我又不是在盘问你,不关我的事。你干吗生气呢?你自己当然会有不快的事。关我什么事？只不过可惜罢了。"

"可惜谁？"

"可惜你。"

"没什么……"她用勉强能听见的声音低语道，并再次动了动身体。

我立刻给激怒了。怎么！我对她那样亲切，可她却……

"你是怎么想的？你是走在正道上吗？啊？"

"我什么也没想。"

"你什么也没想，这就糟了。趁着还有时间，清醒清醒吧。时间还是有的。你还年轻，也很漂亮；你也许会恋爱，出嫁，做个幸福的……"

"出嫁的人并不都幸福。"她打断了我，用先前那种难辨的急促语调说道。

"当然，并不都幸福，但总比在这里好得多，好得没法比啊。有了爱情，就是不幸福也可以生活下去，就是在痛苦中生活也是好的，活在世上就是好，甚至不论怎样生活。可这里，除了……臭气之外，还有什么？呸！"

我厌恶地转过身去，我已经无法冷静地大讲道理了。自己也开始感觉到了我所谈的东西，不由大为光火。我已在渴望将自己那些隐秘的、藏在角落中的念头表达出来。有什么东西突然在我心中燃烧起来，某个目标"出现"了。

"你别看我在这里，我不是你的榜样。我可能比你还要坏。不过，我是喝醉酒才来这里的。"我还是在赶紧为自己辩护,"再说,男人跟女人也完全不一样,是两回事;我虽说是作践了自己,弄脏了自己,但我却不是任何人的奴隶;我来了,又走了,便没有我了。我抖一抖身上的东西,便又换了一个人。可你呢,从一开始就是一个女奴。是的,一个女奴!你交出了一切,交出了所有的自由。之后你再想来扯断这锁链,但是已经不行了,那锁链会将你捆得越来越紧。这是一种该诅咒的锁链。我了解这东西,其他的事我就不说了,说了你或许也不明白。你倒说说,你想必是欠老板娘的钱吧?唉,瞧!"虽然她没有答话,只是默默地、全身心地听着,我还是又补充道,"这就是你的锁链哪!你永远也偿还不清。他们会这样干的。这等于把灵魂交给了魔鬼⋯⋯

"⋯⋯再说,我⋯⋯也许同样是一个不幸的人,这你怎么知道呢。也许我是有意往污泥里踩,同样出于痛苦哇。要知道,人们由于痛苦才喝酒,唉,我来这里,也是由于痛苦。你说说,这里有什么好呢?我和你⋯⋯碰到一起⋯⋯刚才,我们相互之间一直没说过一句话,后来你才开始像个野兽似的打量我,我也用同样的方式打量你。难道人们就是这样相亲相爱的吗?难道人与人就应该这样交往吗?这实在不像话,真是这样!"

"是的!"她尖声地匆忙附和了我的话。这一声"是的"如此脱口而出,甚至使我感到惊讶。这就是说,也许在她刚才打量我的时候,同样的思想也徘徊在她的头脑中?这就是说,她也能够有一些思想了?⋯⋯"见鬼,这倒是有趣,这就是性格相近，"我想到，几乎兴奋得搓起手来，"这样一颗年轻的心灵怎么会驾驭不了呢？……"

我最感兴趣的就是装样子演戏。

她转过头来，更贴近我了，黑暗之中我觉得她是用胳膊撑着身体半躺在那里。也许，她在看我。真是遗憾啊，看不清她的眼睛。我听见了她深深的呼吸。

"你为什么来这里？"我说道，已经带点儿权威的声调了。……

"没什么……"

"待在父亲家里多好哇！又温暖，又自由；自己的家嘛。"

"如果家里更坏呢？"

"话要投机才行，"我的脑中闪过一个念头，"光靠感动也许弄不出太大的名堂。"

不过，这念头只是一闪而过。我敢发誓，她真的引起了我的兴趣。何况，我身体虚弱，又有些多愁善感。要知道，狡诈是很容易与感情掺和在一起的。

"谁说的！"我急忙答道，"什么事都会发生。我反正相信，是有什么人欺负了你，他们更对不起你，不是你更对不起他们。我对你的身世还一无所知，但是，像你这样的姑娘，想必是不会自愿到这个地方来的……"

"我是个什么样的姑娘呢？"她用勉强能听见的声音低语道，但我还是听清了。我想："见鬼，我是在奉承人了。这很卑鄙。但也许是好事……"

她沉默不语。

"你看，丽莎，我来谈谈我自己吧！如果我从小就有一个家，我也许就不会像现在这个样子了。我常常想到这一点。要知道，无论家里怎么坏，可那毕竟是父母，而不是敌人，不是外人，哪怕父母一年中只对你表达过一次爱也行啊。你毕竟知道，你是在自家人的身边。我长大成人的过程中却一直没有家庭；也许因此，我才成了这样一个……没有感情的人。"

我又在等待她的反应。

"也许，她没明白。"我想，"这也可笑，竟谈起了道德。"

"如果我是个父亲，我有一个女儿，我也许会更爱女儿的，超过爱儿子，真的。"我旁敲侧击起来，像是在谈另一件事，目的是引她高兴。我承认，我的脸红了。

"为什么呢？"

啊，看来，她在听着呢！

"就这样；我也不知道，丽莎。你瞧，我认识一个做父亲的，那是一个严肃、厉害的人，可在女儿面前，他却跪在地上，亲她的手和脚，百看不厌，真的。女儿在晚会上跳舞，父亲就一连五小时站在原地，目不转睛地看着女儿。他爱女儿爱得发狂，这我清楚。女儿夜间感到疲倦，就睡着了，而父亲醒来，还要去亲吻熟睡的女儿，并画十字为她祝福。父亲自己穿一身沾满油污的衣服，对所有的人都很吝啬，却愿为女儿花光最后一分钱。他给女儿各种各样的礼物，如果女儿喜欢那礼物，父亲便会感到开心。父亲总是比母亲更爱女儿。姑娘生活在家里是快乐的！而我，也许是不会让自己的女儿嫁人的。"

"为什么呢？"她问道，淡淡地笑了笑。

"说实话，妒忌呗。唉，她怎么能去爱另一个男人呢？怎么能去爱另一个人超过爱父亲呢？想到这一点就会感到难受。当然，所有这些都是废话；当然，每个父亲最终都会醒悟的。可是我，在嫁出女儿之前，也许会只为一件事而苦恼：怎样能让所有的未婚夫都落选；但最终，我还是会将女儿嫁给她自己所爱的人。要知道，女儿自己所爱的那个人，父亲总感觉是最坏的人。事情就是这样。家庭中出现的许多不幸，都是由于这一原因。"

"有些人却高兴把女儿卖掉，而不是体面地嫁出去。"她突然说道。

啊！是这么回事！

"丽莎，这样的事出在那些既不信上帝又没有爱的家庭里，"我热烈地说道，"而没有爱的地方，也就没有理智。的确有这样的家庭，但我谈的不是这样的家庭。看来，你在自己家里没见过善良，所以才会说出这样的话。你确实是个不幸的人。嗯……这多半是因为贫穷。"

"老爷家里的情况难道就好些吗？诚实的人就是贫穷也过得很好。"

"嗯……是的。也许。丽莎,可还有一点,人只爱记着自己的痛苦,却不去记住自己的幸福。人如果能客观地衡量,他就会看到,他既有痛苦也有幸福。比如说,如果在一个家庭里一切顺利,上帝赐福,丈夫很棒,爱你,疼你,一步也不离开你!在这个家庭里多好哇!有时,甚至一半幸福一半痛苦也仍然是好的。要知道,哪里没有痛苦呢?也许,等你嫁了人,你自己就会明白。你嫁给了你所爱的人,就拿那婚后最初的时候来说吧,那就是幸福啊,有时真是无比的幸福啊!幸福无时不在,无处不在。在最初的时候,甚至连与丈夫的争吵也能很好地结束。有的妻子,她爱得越深,与丈夫的争吵就越多。是这样的;我知道这种女人:'瞧,我爱你,就是说,我非常地爱,我要出于爱而折磨你,你来感受吧。'人会出于爱而去有意折磨人,你清楚吗?这大多是女人。女人会暗自在想:'反正将来我会爱他、疼他的,现在折磨折磨他也算不了什么。'于是,全家人都会为你们而高兴,家中充满了和睦、欢乐、宁静和真诚……另一些女人常常也会妒忌。我认识一个女人,要是她男人去了什么地方,她就会难以忍受,她会在半夜跳起来,悄悄跑出去张望:是在那儿吗?是在那一家吗?是和她在一起吗?这就糟了。她自己也知道这很糟,她的心充满慌乱,备受煎熬;要知道,她是爱他的啊。这一切都是出于爱。争吵之后两人和解,她自己在他的面前认错或是请求原谅,这又是多么好哇!两人那么好,一切突然之间变得那么好,似乎他们重新相遇一次,重新结了一次婚，他们的爱情重新开始了。任何人，任何人都不应该知道丈夫和妻子之间发生的事情，只要他们彼此相爱就行了。无论他们发生了什么样的争吵，也不应该叫自己的亲娘来评断是非，也不应该彼此说长道短。他们自己就是自己的法官。爱情，是神的秘密，无论发生了什么事情，爱情都应该躲开一切他人的眼睛而保守秘密。爱情由于这一点而越神圣越好。彼此之间更多地相敬相爱，而许多事情都建立在尊敬的基础上。既然有了爱情，既然由于爱情而结了婚，爱情怎会用完呢！难道不能留住爱情吗？留不住爱情的情况是很罕见的。比如说，一个善良的、诚实的人做了丈夫，那么，爱情怎么会过去呢？起初那种新婚的爱情是会过去的，的确，但还会有一种更好的爱情到来。那时，心灵会融为一体，所有的事情都会齐心协力地去做；彼此之间将不再有秘密。而一旦有了孩子，每一个时刻，哪怕是最困难的时刻，也会显示出幸福来的。只是要爱，还要有勇气。这样的话，工作就是愉快的，这样的话，当你有时将面包省给孩子们吃的时候，也是愉快的。要知道，他们往后会因此而爱你；也就是说，你是在为自己积累。孩子们长大了，你感到自己就是他们的榜样，你就是他们的靠山。等你死去后，他们会终生保持着你的感情和思想，因为他们是从你身上获得这一切的，他们将继承你的形象和相貌。也就是说，这是一个伟大的责任。这怎能不使父亲和母亲的关系更加亲密呢？有人说过要孩子是艰难的？是谁这样说的？这是天国的幸福啊！你喜欢小孩子吗，丽莎？我非常地喜欢。你知道吗，一个粉嫩粉嫩的小男孩，含着你的乳房，丈夫专心地面向妻子，看着她抱着他的儿子坐在那里！粉嫩粉嫩的、胖胖的婴儿，四肢伸展地躺着；小手小脚肉乎乎的；小手指甲又小又干净，小得能让人感到可笑；一双小眼睛睁着，好像他什么都明白似的。他吃着奶，小手揪着你的乳房，玩耍着。父亲走进来，他便放开乳房，整个身子朝后仰着，看着父亲，笑着——似乎只有上帝才明白有多么可笑——然后，又重新、重新吃起奶来。而如果他已经长出牙来了，他就会咬住母亲的乳房，还要斜着小眼睛看着母亲：'瞧，我咬住了！'丈夫、妻子和孩子，三人同在一起，这一切难道不就是幸福吗？为了这样的时刻，许多东西都是可以原谅的。不，丽莎，必须自己先学会生活，然后才能去指责他人！"

"用画面，必须用这样的画面来说服你！"我暗自在想，虽然，说实话，我是怀着感情说话的，我的脸突然红了，"可是，如果她突然哈哈大笑起来，我则往哪里逃呢？"这个念头使我发狂。在我的话临近结束的时候，我真的急躁起来，自尊在此时不知为何受到了伤害。沉默在延续，我甚至想推她一把。

"您好像有点儿……"她突然开了口，但又停住了。

但是我已经明白了一切：在她的声音中已经有某种别样的东西在颤抖，那东西已不像先前那样刺耳、粗鲁和倔强，而有些柔和、腼腆了，它腼腆到了那样的程度，竟使我自己也突然在她的面前感到腼腆，感到负罪了。

"有点儿什么？"我带着温情的好奇问道。

"您……"

"什么？"

"您……像是在背书。"她说道。在她的声音中突然之间仿佛又能听出某种嘲讽的味道来了。

这个看法刺痛了我。我没有预料到这样的反应。

我当时没有明白，这是她故意装出的嘲讽；腼腆的、心地纯洁的人们，当别人要笨拙地、固执地探究他们内心时，他们最后就使出这种手段；出于高傲，他们直到最后一刻也不会服输，他们害怕在你们面前表露出自己的感情。出于胆怯，她已数次拿起嘲笑这件武器来了，只是在最后她才决定表露自己，这是我本来应该能猜透的。但是我没有猜透，一股气恼的情感控制了我。

"等着瞧吧。"我想道。

七

"得了吧，丽莎，还谈什么书不书的呀，我自己在一旁也感到厌恶，还不光是在一旁。如今这一切已经在我的心中苏醒了……难道、难道你自己在这里不觉得厌恶吗？不，看来，习惯的作用很大呀！鬼知道，习惯可以将一个人变成什么。但是，难道你真的认为，你永远也不会衰老，你永远漂亮，你会永远被留在这里吗？我所说的并不是这里的龌龊……不过，我现在要来对你谈谈这件事，谈谈你现在的生活。你现在虽说年轻、漂亮、好看、有热情、有感情；可是你知道吗，比如说我，刚才一醒过来，马上就因为和你一起待在这里而感到厌恶了！要知道，只有在酒醉后才会来这里。如果你是在别的地方，像好人那样生活，也许，我就不会这样轻浮地追你，而只会爱上你，会因为你的一道目光而感到高兴，更不用说你的话语了；我会在门边守候你，我会跪在你的面前；我会看着你，像看着自己的未婚妻，并以此为荣。我绝不敢对你有什么不纯洁的想法。而在这里，要知道，只要我吹一声口哨，你无论愿意还是不愿意，都要跟我走，我用不着考虑你的意志，你却得考虑我的意志。最次的农夫受雇当了长工，可他并没有完全沦为奴隶，他知道自己的期限。可你的期限在哪儿呢？你只要想一想，你在这里出卖的是什么？你在使什么沦为奴隶？是灵魂，是灵魂，你已经主宰不了灵魂，你使灵魂和肉体一起沦为奴隶！你把自己的爱情交给任何一个醉鬼，供他侮辱！爱情！要知道，这就是一切；要知道，这就是宝石，这就是处女的宝藏。爱情啊！要知道，为了获得这爱情，有人准备付出生命，走向死亡。而你的爱情如今值多少钱呢？你已经全被人买下了，完全被买下了，当没有爱情也什么都可以做的时候，去获取爱情还有什么用处呢？要知道，对于姑娘们来说，没有比这更大的屈辱了，你明白吗？我听说，为了安慰你们这些傻瓜，他们允许你们在这里找情人。但要知道，这只是在演戏，只是欺骗，只是对你们的嘲笑，可你们却相信了。那位情人，他会真的爱你吗？我不相信。如果他知道别人此刻就能把你从他的身边叫走，他又怎么能爱呢？在此之后，他便是一个下流的人了！他能对你有一点一滴的尊重吗？你与他有什么共同语言呢？他在嘲笑你，他在盗窃你——这就是他所有的爱情！如果他不打你，就算是好的了，但也许他还要打人的。如果你有了这样一个情人，你问一问他会不会娶你；如果他不啐你、不打你的话，也会当着你的面哈哈大笑起来，而他自己也许总共只值几戈比。你想一想，为了这些，你就在这里葬送自己的生活？他们为什么给你咖啡喝、让你吃饱饭呢？要知道，他们让你吃饱饭，目的是什么呢？在另一位诚实的姑娘那儿，这样的饭她是一小口也咽不下去的，因为她知道让她吃饱饭的目的是什么。你在这里欠下了债，那你就会一直欠下去，欠到最后，直到客人们开始讨厌你的时候。而这个时刻很快就会到来，你可别倚仗自己年轻。要知道，在这里一切都是迅速消失的。你会被推出门去，而且，还不仅仅是被推出门去，在此前很久他们就会开始找碴儿，开始指责，开始责骂——似乎不是你把自己的健康交给了女老板，白白地为她毁掉了青春和灵魂，而似乎是你害了她，是你使她成了乞丐，是你掠夺了她。你别指望会得到支持，你的一些女友为了讨好女老板也会来攻击你，因为在这里一切都是受奴役的，良心和怜悯早已丧失殆尽。他们非常卑鄙，世上再也没有比这更下流、更卑鄙、更侮辱人的了。你把一切都毫无保留地交给这里，把健康、青春、美貌、希望都留在了这里，你在二十二岁时看上去会像三十岁，没得病就算是好的了，你要因此而向上帝祷告。要知道，你此刻也许认为，你没有工作可做，就放荡吧！但是，过去和现在，世上都没有比这更沉重、更艰难的工作。好像，整个心灵都在声嘶力竭地哭泣。当他们把你从这里赶出去的时候，你连一个字也不敢说，连半个字也不敢说，你会像罪人一样走掉。你会搬到另一个地方，然后是第三个地方，然后再搬到其他什么地方，最后到了干草市场。在那里是要开始打人的；打人就是那里的温情；那里的客人不打人就没有温情。你不相信那里有多可恶吗？去吧，什么时候去看一看，你也许就会亲眼看到了。有一次新年的时候我在那里看到一个女人，在门口。他们把她推了出来，还嘲笑地说要让她冻上一小会儿，因为她号叫得太厉害了，他们在她身后关上了门。才早上九点钟，可她已经完全醉了，披头散发，半裸着身体，身上到处是伤痕。她脸上搽着粉，眼圈却是黑的；她的鼻子和嘴里流着血，那是被某个车夫刚刚打出来的。她坐在石头台阶上，手里拿着一条咸鱼；她号叫着，抱怨着自己的'苦命'，并在台阶上拍打那条咸鱼。台阶边聚集着一些车夫和喝醉酒的士兵，他们在戏弄她。你不相信你也会变成这个样子吗？我也不愿相信，可你怎能知道呢？也许，十年或八年之前，这个手拿咸鱼的女人从什么地方来到这里的时候，还是鲜艳的，像小天使一样，还是天真的、纯洁的；她还不知道什么是恶，听到每个字时都会脸红。也许，那女人也像你一样，骄傲，爱抱怨，和别人不一样，喜欢像女王一样看着别人，她自己知道，巨大的幸福正在等待可能爱上她的人和她可能爱上的人。瞧，结果怎么样呢？她用咸鱼拍打肮脏的台阶，醉醺醺的，披头散发，如果在这个时候她回忆起自己在父亲家中那些纯洁的往日岁月，那时，她还在上学，邻居的儿子在半道上等到她，他发誓说要终生爱她，要把自己的命运交给她，他们共同发誓彼此永远相爱，一等长大就结婚！不，丽莎，如果你能像前面说到的那个女人一样，得上肺病，在那里的什么地方，在一个角落里尽快地死去，那就是幸福，你的幸福啊。你是说，要死在医院里？好的，他们把你送到医院，可如果你还欠女老板的债呢？肺病是一种怪病，不是寒热病。得了这种病，人到了最后一刻还会抱有希望，还说自己是健康的。病人是在自己安慰自己，可这对女老板倒是有利。别担心，就是这样的；就是说，灵魂都已经卖出了，可还欠着债，就是说，你是不敢说个'不'字的。你要死了，所有人都会抛弃你，所有人都会转身而去，因为从你身上还能得到什么呢？你还会受到指责，说你白占了地方，没有立即死掉。你讨点儿水喝，他们却会投来一阵辱骂：'我说，你这个下贱女人，什么时候咽气啊？你吵得人睡不着觉，哼哼唧唧的，客人们都烦了。'这是真的，我自己就听到过这样的话。他们会把快要死去的你塞进地下室一个最阴暗的角落里，那里又黑又湿；你一个人躺在那里，那时候，你会想什么呢？你刚一死去，他们就会赶忙来收拾，是陌生人的手在收拾，还带有抱怨和不耐烦，没有一个人会为你祝福，没有一个人会为你叹一口气，只求能尽快地丢掉你这个包袱。他们买上一个木箱子，把你抬出去，就像今天抬出去的那个可怜的女人一样，有人会在酒馆里举行一个追悼宴会。墓坑里是泥泞、垃圾和潮湿的雪——对你难道还用得上客气吗？'把她放下去，瓦纽哈；这也是个苦命人，把她倒放进去，就这样。把绳子弄短点儿，冒失鬼。''好了。''什么好了？她还斜躺着呢。好歹也是个人哪，是不是？这下好了，填土吧。'他们不想为了你而更多地骂人。他们匆匆地填上潮湿的、发蓝的黏土，就去酒馆了……这就是你的人间记忆的终点。在他人的墓前，有孩子、父亲、丈夫前来，而在你的墓前，却没有眼泪，没有叹息，没有怀念，没有一个人，在整个世界上，在任何时候，都没有一个人会来到你的墓前；你的名字将从大地上消失，就好像你从未存在过，从未诞生过！泥泞和沼泽，夜里，当死人们都站起身来的时候，你也只能在那里敲一敲棺材盖：'好人们哪，放我到人间去生活一下吧！我活过，却没见到过生活，我的生活成了一块抹布；他们在干草市场的酒馆里喝掉了我的生活；好人们哪，请放我到人间再活一次吧！……'"

我来了情绪，甚至连喉头都要抽搐起来，可……突然，我停了下来，恐惧地欠起身子，畏缩地垂着脑袋，心里忐忑不安地细听起来。我的窘态是有原因的。

我早就预感到，我已经扰乱了她的灵魂，击碎了她的心。

我越多地意识到这一点，便越是想尽量迅速、尽量有力地达到目的。演戏，演戏吸引了我；不过，还不仅仅是演戏……

我知道，我的话说得紧张、做作，甚至有种书卷气，一句话，除了"照本宣科"之外，我不会别的方式。但是，这并未使我感到发窘；要知道，我明白，我预感到，我的话是能被理解的，这种书卷气也许更能于事有助。但是此刻，在收到效果之后，我却突然胆怯起来。不，我还从未、从未见过这样的绝望！她俯卧在那里，双手抱着枕头，脸紧紧地贴在枕头上，她的胸部起伏不止，她那年轻的身躯整个在颤抖，像痉挛一样。憋在心中的号啕在压迫她、撕扯她，突然，这号啕大声地冲了出来。这时，她更紧地贴着枕头；她不想让这里的任何一个人，哪怕是一个热心肠的人，了解到她的痛苦和眼泪。她咬着枕头，还把自己的胳膊咬出了血（这是我后来看到的），要不，就将自己的手指插进她那已经散开的辫子，就这样憋着气、咬着牙，使劲地僵在那里。我想对她说点儿什么，请她安下心来，可我又觉得我做不到，于是，我浑身突然像打寒战似的，几乎是心怀恐惧地、摸索着爬起来，想尽快走开。房间里很黑，无论我怎样努力，也无法很快结束一切。突然，我摸到一盒火柴和一支完整的、还没点过的蜡烛。只是在烛光映亮房间时，丽莎才突然跳了起来，她坐着，脸有些扭曲，带着半疯狂的笑容，近乎茫然地看着我。我坐到她身边，握住她的双手；她缓过神来，向我靠来，想要抱住我，却又没敢动，便在我的面前静静地垂下了头。

"丽莎，我的朋友，我不该……请你原谅我。"我开口说道。可她却用她的手攥着我的手，她攥得如此之紧，使我猜出自己的话说得不合适，于是，我便住了口。

"这是我的住址，丽莎，来看我吧。"

"我会去的……"她语气坚决地低声说道，但一直没有抬起头来。

"现在我要走了，别了……再见。"

我站起身来，她也站了起来，突然，她满脸通红，浑身颤抖，她抓起椅子上的一块头巾，披在肩上，一直遮到下巴。做完这件事后，她又病态地笑了笑，红了脸，并奇怪地看了我一眼。我感到难受，我赶紧溜走了。

"请等一等。"她突然说道。在我已经走到门厅的时候，她拉着我的外套拦住了我，喘着气放下蜡烛，跑开了——看来，她想起了什么事情，或者，想要把什么东西拿给我看。跑开时，她满脸通红，眼睛放光，唇边露出微笑——这是怎么回事呢？我不由自主地等着。一分钟之后，她回来了，她的目光像是在请求人们原谅她的什么事情。这已完全不是刚才那张脸了，已不是刚才那种忧郁的、怀疑的、固执的目光了。她此刻的目光是乞求的、柔和的，同时也是信任的、温存的、胆怯的。孩子们总是这样看那些他们喜欢的、他们对其有所求的人。她的眼睛是淡褐色的，这是一双很美的眼睛，充满生机，其中能反映出爱和忧郁的恨。

她没有对我做任何解释——仿佛，作为一个高级生物，我应该不经解释便能理解一切——就把一张纸递给了我。在这一刹那间,她的整个脸庞闪现出了最天真的、近乎孩子般的喜悦。我展开那张纸,这是某个医科大学生或诸如此类的人写给她的一封信——一段辞藻十分华丽,却非常恭敬的爱情表白。现在,我已想不起那些词句了,但我清楚地记得,那崇高的文体间显露出了真正的、装不出来的感情。我读完信的时候,碰上了她投向我的那道热烈的、好奇的、孩子般迫不及待的目光。她的眼睛盯着我的脸,焦急地等待着,看我会说什么。她仿佛有些高兴,仿佛感到骄傲,她很快地、三言两语地向我解释道:她曾参加过一次跳舞晚会,是一个家庭舞会,那儿尽是些"非常、非常好的人,有家的人,在那里,他们还什么都不知道,完全一无所知",——因为她还是新来这里的,仅仅……还没有完全决定留下来,而且,等债一还清,她是一定要离开的……"就在那儿,出现了这位大学生,他整晚都在与她跳舞、谈话。原来,早在里加,在他还是一个小男孩的时候,他就认识她,他们曾一起玩耍,只不过那是很久之前的事了。他认识她的父母,但关于这件事他却一无所知,也毫不怀疑!于是,舞会后的第二天(就是三天之前),他通过与她一起参加过舞会的一位女友送来了这封信……这就是一切。"

在说完话的时候,她有些害羞地垂下了她那双闪亮的眼睛。

可怜的姑娘,她像保存珍宝一样保存着这个大学生的信,她跑去取来她这唯一的珍宝,想让我在离开之前知道,有人在真诚地爱着她,有人在充满尊敬地与她交谈。也许,这封信注定要毫无结果地一直躺在首饰盒里。但是,反正都一样;我相信,她会终生保存这封信,将它视为自己的珍宝、自己的骄傲和自己的辩护,所以在此刻,她想到并拿来了这封信,为了天真地在我的面前自豪一番,在我的眼中恢复自我,为了让我看到这一点,为了让我夸奖她。我什么话也没说,握了握她的手,就走了。我非常想离开……一路上我一直在步行,尽管潮湿的雪始终在鹅毛般地飘落。我感到惊讶和失败,我处在彷徨之中。但是,彷徨之中已经闪现出了真理。讨厌的真理!

八

不过,我并没有立即承认这一真理。第二天早晨,在数小时沉沉的、铅一般的睡梦之后醒来,我立即对昨日的一整天做了思索,我甚至为我昨天对丽莎的感伤情感、为所有这些"昨日的恐惧和怜悯"而感到吃惊。"是那种女人式的精神失常,呸!"我断定,"我为什么要把我的地址硬塞给她呢?如果她来了,该怎么办呢?不过,好吧,就让她来吧;没什么……"但是,显而易见,主要的、最重要的事情此刻并不在于此。无论如何,也应尽快地挽救我在兹维尔科夫和西蒙诺夫心目中的名誉——这才是主要的事情。我忙活起来,在这个早晨我甚至完全忘记了丽莎。

首先，必须立即还清昨天欠西蒙诺夫的钱。我决定采取一种绝望的方式，去向安东·安东诺维奇借整整十五卢布。好像是有意安排下的，他这天早晨心情极好，我刚一开口他就给了我钱。我为此而感到高兴，在字据上签字时，我带着一种豪放的神情，漫不经心地对他说道，昨天"与几个朋友在巴黎饭店大吃了一顿；我们是送一个同学，甚至可以说，是送一个从小就认识的朋友；您知道吗，他可是一个大酒鬼，一个被宠坏了的人；当然，他出身名门，非常有钱，仕途光明，很机智；据说，很会与那些太太们来往；您知道吗，我们还喝干了另加的'半打'，而且……"要知道，没什么；所有这一切都说得非常轻松、随便、得意。

回到家里，我立即给西蒙诺夫写了一封信。

直到今天，回忆起我那封信中真正绅士式的、宽宏大量的、开诚布公的语气，我仍自得不已。巧妙而又高贵，而主要的是，完全没有多余的话，我在所有方面都进行了自责。我自我辩护道："如果我还能被允许做一番自我辩护的话，"那都是因为我完全不习惯喝酒，我从第一杯酒开始就醉了，那杯酒（似乎）是在他们到来之前喝下的，当时我在巴黎饭店等他们，从五点等到六点。我首先请求西蒙诺夫的原谅；又请求他向所有的朋友，尤其是兹维尔科夫转达我的解释，对于兹维尔科夫，"仿佛是在梦中，我记得"，我像是伤害了他，我又补充道，我自己本来是要去看大家的，可是脑袋痛，而最大的障碍，则是难为情。我尤为满意的是这种"少许的轻松"，它甚至近乎漫不经心（不过，却完全是礼貌的），这种"轻松"突然从我的笔端涌出，它能迅速地、比所有可能的理由更好地使他们明白，我对"所有这些昨日的恶劣行为"都有着相当独立的看法；我完全、完全没有被一下打死，不像你们这些先生们可能会认为的那样，恰恰相反，我就像一个自尊的绅士那样，在平静地看待这一切。常言道，同好汉不算旧账嘛。

"要知道，这甚至是某种侯爵式的俏皮吧？"我将信笺重读了一遍，自鸣得意地想道，"而这全是因为，我是一个成熟的、有教养的人！其他的人若是处于我的位置，也许不知道该如何摆脱，而我却摆脱了，并让自己快活起来，这一切都因为我是个'当代有教养的、成熟的人'。也许，这一切都是由于昨天的酒才发生的。嗯……不，不是由于酒。在五点到六点之间，在等他们的时候，我根本就没喝过酒。我骗了西蒙诺夫，我昧着良心骗了他；就是此刻，我仍不觉着难为情……"

不过，去它的吧！重要的是，我已经摆脱了。

我往信封里放进六卢布，封好信，让阿波罗将信送给西蒙诺夫。知道信中有钱之后，阿波罗恭敬了一些，同意前去。傍晚，我出去散步。我的脑袋还在痛，脑袋从昨天起就一直是晕乎乎的。但是，夜晚愈近，夜幕愈浓，我的印象便愈是纷乱，印象之后则是思绪。在我的体内，在心灵和良知的深处，有什么东西还没有死去，也不想死去。它体现为一种钻心的愁苦。我多半是走在一些行人最挤、店铺最多的街道上，沿着市民街、花园街，贴着尤苏波夫花园。我一直特别喜欢在黄昏时分走在这些街道上。正是在黄昏时分，那些街道上挤满了各种各样的行人和手艺人，他们的脸色忧虑到了极点，为了每日的工钱，他们在各幢房屋间奔走。我所喜欢的，正是这种廉价的奔忙，这种无聊的平庸。这一次，这街头的拥挤则更强烈地刺激了我。我无论如何也无法调整好自我，无法理清头绪。有什么东西在我的心中不断地、痛苦地升腾、升腾，不愿平息。在我回到家里的时候，已经完全心绪不佳了，就好像我的灵魂中负载着某种罪行。

丽莎可能会来，这一想法一直在折磨我。使我感到奇怪的是，在所有那些昨天的回忆中，关于她的回忆不知为何却在特别地、突出地折磨着我。临近傍晚的时候，我已经完全忘掉了其余的一切，我挥了挥手，一直为写给西蒙诺夫的那封信而十分满足。但在这里，我却有了某种不满，好像我是在由于一个丽莎而经受折磨。"如果她来了，怎么办？"我不断地在想，"那有什么，没关系，让她来好了。嗯。糟糕的只是，比如说，她将看到我是怎样生活的。昨天，我在她面前摆出那副样子……一副英雄的样子……可此刻呢，唉！再说，我的情绪如此低落，也是糟糕的。房间里一贫如洗。我昨天竟决定穿着那样的衣服去赴宴！而我的漆布沙发，连内瓤都露了出来！而我那件长衫，用那长衫是遮不住的！这么些破烂……她会看到这一切的；阿波罗会看到的。这个畜生，他也许会欺负她的。他会找她的碴儿的,为的是对我无礼。而我,自然会照例感到害怕,在她面前不停地倒换着双脚,用长衫下摆遮挡自己,并开始微笑,开始说谎。唉,真恶劣!然而,最恶劣的还不在于此!这里还有某种更为主要、更为卑鄙、更为下流的东西!是的,更为下流的东西!又将再一次、再一次地戴上这个无耻的虚伪面具!……"

想到这里我立刻火冒三丈:"为什么是无耻的呢?有什么无耻的呢?我昨天说的话是真诚的。我记得,我心里所怀有的也是真实的感情。我只是想在她身上唤起高尚的情感……如果说她哭了,那么这便是一件好事,说明我的话起到了很好的作用……"

但是,我仍然无论如何也难以宽下心来。

这整个晚上,当我回到家里,已经九点过后,当我断定丽莎无论如何也不会来了的时候,我仍然像是隐约地见到了她,而且主要的是,我所忆起的她一直保持着同一种姿势。在昨天的印象中,我特别清晰地记着的正是这一时刻:当时,我划着火柴照亮房间,看见了她那张苍白的、扭曲的脸,以及那道受难的目光。在那一时刻,她那个微笑是多么可怜、多么不自然、多么扭曲呀!可我当时还不知道,十五年后我所记得的丽莎,仍然带着她在这个时刻所有过的那种可怜的、扭曲的、多余的微笑。

第二天,我又已准备将这一切都视为胡言乱语,是神经病发作,而主要的,是视为夸张。我总是能意识到我这根脆弱的弦，有时还非常害怕这根弦："我总是夸大一切，这就是我的毛病。"我时时刻刻地对自己重复说。但是，再说，"再说，丽莎或许还是要来的。"——这便是我当时所有那些推理结束时反复出现的一句话。我非常不安，有时竟会达到疯狂的地步。"她会来的！她一定会来的！"我常在房间里来回走着，叫喊道，"她今天不来，明天准来，她会找来的！所有这些纯洁的心灵都充满这类该死的浪漫主义！这些'可恶的感伤灵魂'就是这样，哦，卑鄙，哦，愚蠢，哦，狭隘！唉，怎么不明白呢，怎么能不明白呢？……"但就在这里，我的思绪自己停下了，甚至怀有极大的慌乱。

"只需要很少的话，很少的话，"我顺便想道，"为了立即让人的整个灵魂自愿地转个身，只需要很少的话，只需要很少的田园诗（而且还是虚假的、书本上的、瞎编的田园诗）。这就是少女般的纯洁呀！这就是土壤的清新气息呀！"

有时，我也想自己到她那里去，"向她说出一切"，求她不要来我这里。但刚刚这样一想，我又涌起一阵强烈的怨恨，以至于，如果丽莎突然出现在我身边，我也许会掐死这个"该死的"丽莎，也许会侮辱她，啐她，轰走她，打她！

然而，一天过去了，第二天、第三天过去了，她没来，我开始放心了。我非常地精神抖擞，在九点之后出去散步，有时，我甚至开始了相当甜蜜的幻想："比如说，我在拯救丽莎，因为她常来我这里，而我对她说……我开导她、教育她。最后，我发现，她爱上了我，热烈地爱着——我假装不明白

（不过我不知道我为什么要假装；也许，是一种点缀）。最后，害羞而又美丽的她，颤抖着，痛哭着，扑倒在我的脚下，说我是她的救星，说她爱我超过世界上的一切。我感到吃惊，但是……'丽莎，'我说道，'难道你以为我没有觉察出你的爱情吗？我看到了一切，我猜透了一切，可我不敢首先图谋占有你的心，因为我对你有过影响，我怕你是出于感激才强迫自己回应我的爱情，在你的心中勉强唤起那种也许并不存在的感情，我不希望这样，因为这是……专断独行……这是不光彩的。（一句话，我在这里信口开河起来，带着某种欧洲式的、乔治·桑式的、神秘高贵的细腻感情……）但是现在，现在，你是我的了，你是我的创造物，你纯洁、美丽，你——是我美丽的妻子。

> 请你像丰腴的女主人那样，
> 大胆、自由地走进我的家门！①

"然后，我们便过起日子来，一同出国等等，等等。"一句话，我自己感到了卑鄙，于是，我便以对自己的嘲弄结束了这一切。

"可他们是不会放走她这个'坏女人'的！"我想道，"要知道，她们似乎很难被放出来散步，尤其是在晚上（不知

---

① 此为第二章开头处所引的涅克拉索夫一诗的最后两句。

为何我肯定地认为她会在晚上来，而且准是在七点钟）。不过，她说过，她在那里还没有完全沦为奴隶，她享有特权。这就意味着，唉！真见鬼，她会来的，她一定会来的！"

幸好，在这个时候，阿波罗以他的粗暴无礼分散了我的注意力。我简直难以容忍这个人！这是天意派遣给我的一个祸害，一个灾星。我经常和他吵架，一连数年，我恨他。我的上帝，我多么仇恨他呀！一生中，我似乎还从未像恨他这样痛恨过任何一个人，我痛恨他，尤其是在某些时候。他是一个上了年纪的人，爱摆架子，有时做点儿裁缝活儿。但不知为何，他很蔑视我，甚至超越了一切限度，他总是居高临下地看我，让人难以忍受。不过，他也居高临下地看待所有人。只要看一眼这个淡色头发的、梳得光光的脑袋，看一眼他在自己额头上梳得高高的并涂满素油的鸡冠型发式，看一眼这张结实的、总是抿成三角形的嘴，你们便能感觉到，出现在你们面前的是一个从不怀疑自己的家伙。这是一个最高级别上的教条主义者，是我在世界上所见到的最大的教条主义者，而且，他还具有那种只有马其顿王亚历山大[①]才会具有的自尊。他爱自己的每一粒纽扣、每一片指甲，他的确这样爱着，他带有这样的眼神！他对待我的态度非常专横，极少与我交谈，如果他偶尔看我几眼，他的目光也是坚决的、

[①] 即亚历山大大帝（公元前356—前323），公元前336年起为马其顿王，经过征战，曾建立起世界上最大的古代君主国。

庄重自信的，并常常是嘲笑的，有时，这种目光会令我发疯。他在履行自己的职责，可他的模样却好像是在赐予我最崇高的恩惠。然而，他几乎不为我做任何事情，甚至完全不认为他有做些什么的义务。毫无疑问，他认为我是整个世界上最笨的傻瓜，如果说他还"将我留在身边"，那么唯一的原因就是他每月都可以从我这里领到工钱。他同意"什么事都不做"，每月从我这里得到七卢布。因为他，我犯下了许多过失。有时我竟恨到这样的地步，一听到他的脚步声我就会浑身抽搐。但是，我最讨厌的还是他的低语。他的舌头比常人的要稍长一截，要么就是有诸如此类的问题，因此，他常常发出一些模糊、刺耳的声音，似乎他还以此为傲，认为这赋予了他非常之多的优点。他说话时声音很轻，从容不迫，将两只手背在身后，眼睛垂向地面。使我尤其愤怒的时刻，通常就是他在隔壁自己的房间里诵读赞美诗的时候。因为这事，我同他多次争执。但是，他却非常喜欢在晚上轻声地、声调平稳地诵读，他拖长声音，像是在追悼死者。奇怪的是，他后来的出路正是这样的。现在，他受雇为死人诵读赞美诗，与此同时，他也灭耗子，做鞋油。但当时，我却无法赶走他，似乎他与我的生活化学反应般地融合在了一起。而且，无论如何，他自己也是不同意离开我的。我无法住在带家具出租的房间里。我的房间是我的独宅、我的硬壳、我的套子，我藏身其中，躲开了全人类，可是鬼知道，我为什么会觉得阿波罗是属于这房间的，我整整七年都没能赶走他。

比如说，想要晚发给他工钱，哪怕是晚两天，哪怕是晚三天，也是不可能的。他会闹出那样的事情来，弄得我不知去何处躲藏。但是这些天里我非常地仇恨一切人，于是，出于某种原因，为了某种目的，我决定惩罚一下阿波罗，再晚两个星期给他工钱。早在两年之前，我就曾打算这样做——仅仅是为了向他表明，他不应该在我的面前摆架子，只要我愿意，我就可以永远不给他工钱。我决意不对他谈起这一点，甚至还有意地沉默不语，目的是战胜他的骄傲，迫使他自己首先提起工钱的事。到那时，我就将从箱子里拿出七卢布，向他表明，钱我是有的，但被我有意扣下了，是我"不愿，不愿，就是不愿给他工钱，我不愿意，就因为我不愿意"，因为这是"老爷我的意志"，因为他不够恭敬，因为他粗鲁无礼。但是，如果他恭恭敬敬地来求我，我也许会心软的，会给钱的；否则的话，他就得再等上两个星期，等上三个星期，等上整整一个月……

但是，无论我怎样发狠，他到底还是赢了。我连四天都没能挺过去。他以在这种情况下惯用的方式开始了行动，因为这样的情况已经有过多次了（而且，我得指出，我事先就知道所有这一切，我对他卑鄙的战术一清二楚），他的方式就是：他开始干了，时常向我投来非常严厉的目光，一连盯上好几分钟，尤其是在迎我回家或送我出门的时候。比如说，如果我挺住了，装出一副没有察觉到这种目光的样子，他便会像往常一样沉默不语，进行下一步的折磨。时常，当我在房间里踱步或阅读的时候，无缘无故地，他会突然轻轻地、从容地走到我的房间，在门口站下，一只手背在身后，伸出一只脚，死盯着我，那目光已经不是严厉的，而完全是蔑视的了。如果我突然问他有什么事，那他什么也不会回答，只继续再把我盯上几秒钟，然后，有些特别地抿着嘴唇，一副意味深长的样子，在原地缓慢地转过身去，缓慢地走回自己的房间。两三个小时之后，他会突然再次到来，再次以同样的模样出现在我的面前。有时，狂怒的我已经不会去问他有什么事了，而干脆自己也果断地、凛然地抬起头，也开始盯起他来。时常，我们就这样彼此对视上两三分钟；最后，他便缓慢地、庄重地转过身去，两个小时后他会再次前来。

如果我仍然理解不了这一点而继续大发脾气的话，他就会突然叹息起来，他会看着我，久久地、深深地叹息，似乎全靠这叹息来测量我道德堕落的深度，于是，自然而然地，最终的结果便是他的彻底胜利：我发狂了，叫喊着，但是，那件事情还是不得不去履行。

这一次，那"严厉目光"的惯常手法刚一开始，我就立即失去了自制，我在狂怒中向他扑去。没有这件事，我本来已够上火的了。

"站住！"当他缓慢地、默默地转过身去，一只手背在身后，想回到自己房间去的时候，我疯狂地喊道，"站住！回来，回来，我在说你呢！"也许是我的喊声非常不自然，所以他才转过身来，看着我，甚至带有某种惊奇。不过，他还是继续沉默不语,这使我感到愤怒。

"你怎敢不等发话就来我这里,你怎敢这样看着我?快回答!"

但是,他静静地看了我半分钟,又开始转身了。

"站住!"我逼近他,咆哮道,"别动!就这样。现在你快回答,你干吗要过来看着我?"

"如果您这会儿对我有什么吩咐,我就好去完成我的事情了。"他还是沉默了一会儿,然后才答道,轻轻地、匀称地发着嘶音。他抬起眉毛,平静地将脑袋从一个肩膀晃向另一个肩膀——所有这一切都带有一种可怕的平静。

"我问的不是这个,我问你的不是这个,刽子手!"我气得浑身颤动,喊了起来,"我来告诉你,刽子手,你干吗要来这里。你见我没有给你工钱,出于高傲你又不愿磕头,也就是张口要钱,于是你就跑来用这种愚蠢的目光惩罚我、折磨我,你也不想——想——看,刽子手,这多么愚蠢、愚蠢、愚蠢、愚蠢、愚蠢哪!"

他又要默默地转身了,但我一把抓住了他。

"听着,"我对他喊道,"你瞧,这就是钱;钱就在这里!(我从小桌子里掏出钱来)整整七卢布,可你却得不到它们,你得——不——到,除非你带着那颗有罪的脑袋,恭恭敬敬地走来请求我的原谅。听到了吗?!"

"这是不可能的!"他带着某种不自然的自信回答道。

"会这样的!"我喊道,"我向你发誓,会这样的!"

"我也没什么要请求您原谅的，"他继续说道，似乎完全没有感觉到我的叫喊，"由于您把我说成是'刽子手'，我凭这就可以到警察分局去告您。"

"去吧！你告去吧！"我咆哮起来，"你现在就去，此时此刻马上就去！而你就是一个刽子手！刽子手！刽子手！"但是，他只看了我一眼，然后便转过身去，已不再听我那些喊叫，头也不回地稳步走进了他的房间。

"如果没有丽莎，就绝不会出这样的事情！"我暗自想道。

接着，我又庄重地、凯旋般地站了一会儿，但心脏却在缓慢、有力地跳动着，然后，我自己则绕过隔板，向他走去。

"阿波罗！"我轻声地、慢条斯理地说道，但同时却又在喘着粗气，"你现在就去找分局长吧，一刻也别耽误！"

这时，他已经坐在桌边，戴上眼镜，缝起什么东西来。然而，听到我的命令之后，他却突然笑了起来。

"现在就去，马上就去！快去，否则的话，你想象不到会出什么样的事！"

"您真的是疯了，"他说道，甚至没有抬起头来，照样缓慢地发着嘶音，继续穿着针，"哪儿见过为了反对自己而去找长官的人呢？说到害怕，您不用嚷个不停，因为——不会出什么事的。"

"你去！"我抓住他的肩膀，叫道。我感到我马上就要揍他了。

可是，我没有听见，就在这时，前厅的门突然轻轻地、缓慢地被打开了，一个人走进来，站在那里，犹豫不决地打量起我们来。我望了一眼，由于羞愧而傻了，便冲回自己的房间。在房间里，我两手揪着自己的头发，脑袋抵着墙，就以这种姿势僵在了那里。

两三分钟之后，传来了阿波罗那缓慢的脚步声。

"那边有个女人要见您。"他说道，非常严厉地看着我，然后闪开身，放进了——丽莎。他不想走开，面带嘲讽地看着我们。

"走开！走开！"我惊慌失措地命令道。就在这时，我的钟憋足了劲，哧哧咔咔地敲了七下。

九

……
请你像丰腴的女主人那样，
大胆、自由地走进我的家门！
——尼·阿·涅克拉索夫的同一首诗

我站在她的面前，垂头丧气，像蒙受了侮辱似的，极其害羞，我好像是笑了一下，并竭尽全力地裹紧了我那件破旧棉长衫的下摆——恰恰像我不久前在心情懊丧时所表现出的那个样子。阿波罗站着看了我们两三分钟就走了，可我却并不觉得轻松。最为糟糕的是，突然之间她同样也害羞起来，其害羞的程度甚至是我所没有预料到的。自然，她一直在看着我。

"请坐。"我机械地说道，把桌边的椅子挪给她，自己则坐在沙发上。她立即顺从地坐了下来，睁大眼睛看着我，显然是在等着我立刻说话。这种天真的等待使我疯狂，但是我克制住了自己。

在这里，本该努力不去注意任何东西，就像一切都和平常一样，而她却……我朦朦胧胧地感到，为所有这一切她会向我付出很大代价的。

"你在一个奇怪的场合下撞见了我，丽莎。"我结结巴巴地开口说道。我也明白，谈话不该这样开头。

"不，不，你别在意什么！"见她突然红了脸，我便喊道，"我并不为我的贫穷而感到不好意思……相反，我很自豪地看待自己的贫穷。我是贫穷，可是我高尚……人是可以贫穷却高尚的，"我嘟囔道，"不过……你想喝茶吗？"

"不……"她开了口。

"等等！"

我跳了起来，朝阿波罗跑去。总该找个地方躲一躲。

"阿波罗，"我用发烧似的急语轻声说道，并把那一直握在我手心里的七卢布扔到了他的面前，"这是你的工钱，瞧，我给你了；但是，你也要救一救我：赶快到饭馆去要点儿茶，要十块面包干。你要是不愿意去，那就会使一个人遭到不幸

139

的！你不明白这是一个什么样的女人……这——就是一切！你也许有些什么想法……但是你不明白这是一个什么样的女人！……"

已经坐下来干活儿、已经又戴上眼镜的阿波罗，起初并没有放下针，只默默地斜视着那钱；然后，他没有给我以丝毫的注意，也没有回答我一个字，仍继续在穿那根一直没穿进针眼的线。我等了三四分钟，拿破仑式地，抱着双手，站在他的面前。我的两个太阳穴上满是汗水；我面色苍白，我感觉到了这一点。但是，谢天谢地，看着我，他一定是起了怜悯之心。穿完线后，他缓慢地从座位上站起身来，缓慢地挪开椅子，缓慢地摘下眼镜，缓慢地点了点钱，最后，梗着脖子问道：是要整份的茶点吗？然后，缓慢地走出了房间。当我返回丽莎那儿时，半道上冒出一个念头：是否就这样，穿着长衫，随便跑到一个地方去，管它会出什么事呢。

我重新坐了下来。她看着我，有些不安。我们沉默了好几分钟。

"我要杀了他！"我突然喊了起来，用拳头狠狠地擂了一下桌子，使得墨水瓶里的墨水都被震了出来。

"哟，您这是怎么啦？"她颤抖了一下，喊道。

"我要杀了他，杀了他！"我擂着桌子尖叫着，完全疯狂了，同时也完全不明白，这样的疯狂是多么愚蠢。

"你不明白，丽莎，这个刽子手对我来说是个什么东西。他是我的刽子手……他现在买面包干去了；他……"

突然，我的泪水夺眶而出。这是一阵情感发作。在这阵阵哭泣之中我感到非常羞愧；但是，我已经克制不住自己了。她吓坏了。

"您怎么了！您这是怎么了！"她叫喊着，围着我转了起来。

"水，给我一点儿水，在那边！"我嗓音微弱地说道，可我心里意识到，我没有水也完全能行，我也完全能不用微弱的嗓音说话。但是，为了挽救面子，像人们常说的那样，我这是在装疯卖傻，虽说那阵情感发作倒是真的。

她把水递给我，惊慌失措地看着我。就在这时，阿波罗端来了茶。我突然感到，在这一切发生之后，这种普通的、平庸的茶是非常不体面、非常寒酸的，于是我的脸红了。丽莎看着阿波罗，甚至有点儿恐惧。他走了出去，并没有看我们一眼。

"丽莎，你蔑视我吗？"我问道，眼睛紧盯着她，由于迫切想知道她的想法，我浑身颤抖不止。

她害羞了，什么话也答不出来。

"喝茶！"我气恼地说道。我恨我自己，但是，该恨的人当然是她。一股针对她的可怕怨恨突然在我的心里沸腾起来；我仿佛想杀了她。为了报复她，我暗暗发誓，在这整段时间里不和她说一句话。"她就是这一切的起因。"我想道。

我们的沉默已经持续了五六分钟。茶摆在桌上，我们都没有动它。我是有意不愿开始喝茶的，目的是以此加重她的负担；她若自己先开始喝茶，那是不合适的。她面带忧郁的迟疑神情，看了我好几眼。我却固执地沉默不语。主要的受难者，当然还是我自己，因为我完完全全地意识到了我这愚蠢的怨恨的全部极其可恶的卑鄙性质。可与此同时，我却无论如何也控制不了自己。

"我是从那儿来……我想……彻底离开。"为了想办法打破沉默，她开口说道。哦，可怜的姑娘！在这原本已够愚蠢的时刻，对像我这样一个原本已够愚蠢的人，最不该提到的恰恰是这一点哪。出于对她的笨拙和多余直率的怜悯，我的心甚至感到一阵忧伤。但是，某种丑恶的东西立即压倒了所有的怜悯；那东西甚至还在更起劲地煽动我：让世上的一切都完蛋吧！又过了五分钟。

"我碍您的事了吗？"她胆怯地、用勉强能听得见的声音说道，并站起身来。

但是，一见到这被侮辱的尊严的第一阵爆发，我便由于恶意而颤抖起来，话也立即脱口而出。

"你干吗要来我这里呢？你告诉我，请。"我喘着气说道，甚至没去考虑我的话的逻辑顺序。我想一下子、一口气道出一切，我甚至不在乎从哪里说起。

"你干吗要来？回答！快回答！"我叫了起来，几乎失去了理智，"你干吗要来，我来告诉你吧，大姐。你来这里，是因为我当时对你说了那些抱怨的话，所以你动了感情，还想再听那些'抱怨的话'。可你知道吗，知道吗？我当时是取笑你的，我现在还在取笑你。你干吗发抖呢？是的，我是在取笑！有人在那之前欺负了我，在吃饭的时候，就是那几个在我之前到了你们那儿的人。我去你们那儿，是为了去痛打他们中间的一个军官；但是没打成，没碰见他们。我需要找个人报复一下，出口气，你出现了，我就冲你发作，对你发泄仇恨，取笑你。有人侮辱了我，所以我也要去侮辱人；有人将我当作抹布，所以我才想显示一下自己的权力……就是这样的，可你却以为我当时是有意去拯救你的，是吗？你是这样以为的吗？你是这样以为的吗？"

我知道，她也许会糊涂，不理解详细的情况；但是，我同样知道，她能非常出色地理解本质。果然这样。她的脸像头巾一样苍白，她想说些什么，她的嘴唇病态地扭曲着；但是，她像是被一把斧头砍倒了，跌坐在椅子上。在接下来的所有时间里，她一直在听着我的话，她张着嘴，睁着眼，因极其害怕而不停地颤抖。厚颜无耻，是我的话语的厚颜无耻，压倒了她……

"拯救！"我继续说道，我从椅子上跳起来，在房间里、在她的面前来回走动，"干吗要拯救！也许，我自己还不如你呢。当我对你长篇大论地训话时，你为何不对我迎头痛击地说：'你自己干吗来我们这儿？是来用道德教训人的吗？'权力，我当时需要权力，需要游戏，需要获得你的眼泪，让你屈辱，让你歇斯底里——这就是我当时所需要的！要知道，当时我自己也受不了了，因为我是一个废物，我害怕了，鬼知道我干吗一时糊涂把地址给了你。后来，还没到家，为了这个地址，我就已经把你骂了个狗血喷头。我已经在恨你了，因为我那时对你撒了谎。因为，我只是在玩弄词句，只是在脑袋里幻想，而我真正需要的，你知道吗，就是让你们都滚开，就是这样的！我需要安宁。为了不让别人来扰乱我的安宁，我情愿立刻将整个世界以一戈比的价钱卖掉。是让世界毁灭呢？还是让我喝不成茶？我要说，让世界毁灭吧，为了我能永远有茶喝。你知不知道这一点？是的，我知道，我是一个下流坯、恶棍、自私者、懒汉。怕你会来，这三天来我一直害怕得发抖。你知道吗，这整整三天里尤其使我不得安宁的是什么吗？那就是，我当时曾在你的面前扮演过那样一个英雄角色，可在这里你却突然看到了一个身穿这件破长衫的贫穷、肮脏的我。不久前我对你说过，我不因自己的贫穷而害羞；可是你要知道，我是害羞的，害羞到极点，害怕到极点，我就是做了贼也不会如此害怕的，因为，我的虚荣心很重，重得像是被剥去了一层皮，只要吹过一阵风来，我也会感到疼痛。难道你甚至到现在还没有猜透，我永远也不能原谅你的就是，你撞见了身穿这件长衫的我，撞见了正像疯狗一样扑向阿波罗的我。一个能让人复活的人，一个过去的英雄，却像一只癞皮狗一样扑向自己的仆人，而那个仆人还在嘲笑他！我还像个感到害羞的女人那样，没能控制住自己而在你的面前流下了那些眼泪，由于那些眼泪我永远也不能原谅你！还有，由于我此刻对你所做的这些表白，我也永远不能原谅你！是的，你，只有你一个，必须为所有这一切负责，因为你撞见了，因为我是个下流坯，因为我是世上所有蛆虫中最龌龊、最可笑、最渺小、最愚蠢、最贪婪的一只。世上所有那些蛆虫绝不比我好，但是鬼知道为什么，它们从来不感到害羞；而我却一生都将因每一个虱子卵而碰钉子——这就是我的特征！你对此一无所知，这与我又有什么相干！你会不会死在那里，这与我又有什么相干，有什么相干呢？我现在对你说了这些话，可我会恨你的，就因为你在这里待过、听过，你明白吗？要知道，人一生中只有一次会这样说话，而且是在歇斯底里的时候！……你还要什么？在所有这一切之后，你干吗还站在我的面前折磨我，而不走开呢？"

　　但就在这时，突然出现了一个奇怪的情况。

　　我一直习惯于按照书本来思考、想象一切，一直将世上的一切都想象为我在此之前所杜撰出的情景，因此，我当时甚至难以理解那个奇怪的情况。情况是这样的：遭到我的侮辱、被我压倒的丽莎，她的理解能力远远超出了我的想象。她从所有这一切中理解到了，如果一个女人在真诚地爱着，她永远能首先理解问题，而此处的问题就是，我自己是不幸的。

　　她脸上恐惧、屈辱的表情开始为痛苦的惊讶所取代。当我将自己称为恶棍和下流坯的时候，当我的眼泪夺眶而出的时候（那整段话我都是含着泪水说出的），她的整个面孔都因某种抽搐而扭曲了。她想站起身来,让我停下;当我的话说完时,她并没有在意我那些"你干吗在这里、你干吗不走开"的叫喊,她所注意到的是,我在道出这些话时,自己也许是非常沉重的。她受到了虐待,她是可怜的。她认为我无限地高于她,她又如何能动气、抱怨呢?带着一阵难以遏制的冲动,她突然从椅子上跳起来,整个身体都探向我,但是,她仍然胆怯,不敢离开原地,只朝我伸出双手……立刻,我的心也翻腾开来。这时,她突然向我扑来,双手搂住我的脖子,哭了起来。我也憋不住了,号啕大哭起来,我还从未这样哭过……

"人家不让我……我不能做……善人!"我吃力地说道,然后走到沙发边,脸朝下倒在沙发上,在真正的歇斯底里中号啕了一刻钟。她来到我身边,拥抱着我,她就这样一动也不动地拥抱着我。

但是毕竟问题在于,歇斯底里总是要过去的。于是(要知道,我所写的是令人厌恶的真实),我死死地趴在沙发上,脸紧贴着我那个破旧的皮枕头,我开始慢慢地、由远及近地、不由自主但难以遏制地感觉到,我此刻去抬头直视丽莎是不合适的。我有什么可羞愧的呢?我不知道,可我就是感到羞愧。我的慌乱的脑袋里还想到,角色如今是彻底地转换了,她如今成了英雄,而我则像是一个被侮辱、被压倒的造物,就像四天前的那个夜晚我面前的她……就在我趴在沙发上的那几分钟里,我就已想到了所有这一切!

我的上帝！难道我那时已在羡慕她的角色了吗？

我不知道，直到今天我仍无法断定，而当时，对这个问题的理解当然比现在还要少。要知道，没有对于他人的权力和虐待，我就无法活下去……但是……但是要知道，用推论是解释不了任何问题的，因此，也就没什么可推论的了。

然而，我战胜了自己，抬起了脑袋；脑袋迟早是要抬起来的……于是，我至今仍相信，正是因为我羞于看她，我的心中才突然燃烧、迸发出了另一种情感……一种统治和占有的情感。我的两眼闪烁出欲望，我紧紧地握住了她的手。我是多么地恨她，在这一时刻，她又是多么地吸引我啊！一种情感在强化另一种情感，这种情感近乎复仇感！……她的脸上起先出现了一种近似忧郁，甚至近似恐惧的神情，但只是在刹那之间，她兴奋、热烈地拥抱了我。

十

一刻钟过后，我非常焦躁地在房间里来回踱起步来，并时而走近隔板，透过缝隙看看丽莎。她坐在地板上，脑袋垂向床铺，像是在哭。但是，她并未走开，这使我气恼。这一次，她已清楚了一切。我彻底地侮辱了她，但是……没什么可说的了。她猜到了，我的情欲勃发就是一种报复，就是对她新的侮辱，而且，在我先前那种几乎没有对象的仇恨中，如今又添加上了一种对她的个人的、忌妒的仇恨……不过，我还不能肯定，她是否已经透彻地理解了所有这一切；但是，她已经彻底明白了,我是一个卑鄙的人,更主要的是,我是无法爱她的。

我知道,人们会对我说,这是难以置信的——会成为一个像我这样恶毒、愚蠢的人,这是令人难以置信的;或许,人们还会补充道,不去爱她,或者至少是不去珍重这一爱情,这也是令人难以置信的。为什么是难以置信的呢?首先,我已经无法去爱了。因为,我再重复一遍,对于我来说,爱就意味着虐待,就意味着精神上的超越。我甚至终生都无法去想象另一种爱情,我竟到了这样的地步,以至于如今我时常会认为,爱情就是被爱对象自愿提供的对其施行虐待的一种权力。我在自己那些地下室的幻想中,永远把爱情想象为一种斗争,我总是自仇恨开始爱情,用精神的征服来结束爱情,而之后如何处理那被征服的对象,则是我所无法想象的了。这又有什么难以置信的呢?既然我已在精神上堕落到如此地步,既然我与"活生生的生活"已如此疏远,以至于在她刚才来我这里想听"抱怨的话"时,我却想因这件事去指责她、羞辱她;可我自己却没有猜到,她来这里完全不是为了听抱怨的话,而是为了爱我,因为对于一个女人来说,所有的复活,所有摆脱各种灭亡的获救,所有的再生,都包含在爱情之中,除了爱情,不可能再有其他的表现形式。不过,当我在房间里踱步并透过缝隙往隔板那边看的时候,我已经并不太恨她了。我只是因她的在场而感到难耐的沉重。我希望她消失。我希望"安宁",希望一个人留在地下室里。"活生生的生活"令人不习惯地压迫着我,甚至使我的呼吸也困难起来。

但是,又过了几分钟,她仍然没有站起身来,像是陷入了昏迷状态。我没良心地轻轻敲了敲隔板,为了提醒一下她……她突然抖动一下,从原地跳起来,冲过去找她的头巾、帽子和大衣,好像是要躲开我去什么地方……两分钟过后,她缓慢地步出隔板,沉重地看了我一眼。我带有恶意地笑了一下,不过是勉强做出的,是为了体面,然后,我躲开了她的目光。

"再见。"她说了一句,向门口走去。

我突然跑近她,抓住她的手,掰开她的手掌,塞进……然后再拢紧她的手。然后,我立即转开身,尽快地跳到另一个角落,为了至少不看到……

我此时本想撒个谎,想写道,我是无意中这样做的,我失去了常态,才糊糊涂涂地做出这件蠢事。但是,我不愿撒谎,因此,我要直截了当地说,我掰开她的手掌,在那手掌里放了……我是有意这样做的。当我在房间里来回踱步,她坐在隔板后面的时候,我就想到要这样做了。但是,我现在也许可以说出口的是:我做了这件残忍的事,虽说是有意的,但促使我这样做的却不是我的心,而是我那颗愚蠢的脑袋。这件残忍的事非常做作、非常刻意,是有意臆想出来的、不切实际的,因此,甚至连我自己也忍受不了一分钟——我先是跳向角落,以免看见,然后却羞愧、绝望地跑去追丽莎。

我打开通向前厅的门,听起动静来。

"丽莎!丽莎!"我在楼梯上喊道。但是,我没敢大叫,而是压低嗓门地……

没有回答,我觉得,我听到了她踏在楼梯最低几级上的脚步声。

"丽莎!"我更大声些地叫道。

没有回答。但就在这时,我听见下面那扇紧关着的、朝外开向大街的玻璃门沉沉地、吱呀地开了,然后又紧紧地闭上了。一阵响声顺着楼梯传了上来。

她走了。我沉思着回到房间,我感到心情非常沉重。

我停在桌边,靠着她坐过的那把椅子,漫无目的地看着眼前。过了一分钟,突然,我全身颤抖了一下:就在我的面前,就在桌子上,我看到了……一句话,我看到了一张揉皱的、蓝色的五卢布钞票,这正是一分钟前我塞到她手心里去的那张钞票。这就是那张钞票,不可能有第二张;家里没有第二张钞票。也许,是在我跳向另一个角落的时候,她将钞票扔在了桌子上。

这有什么?我能够料到她会这样做的。我能够料到吗?不能。我是一个极端的个人主义者,我实际上非常不尊重别人,因此,我甚至想象不到她会这样做。这使我难以承受。瞬间之后,我像一个疯子一样,冲过去穿衣,披上匆忙之间抓到手里的一件什么东西,便赶紧跑出去追她了。当我来到大街上的时候,她还未走出两百步。

四周一片寂静，雪花纷落，似乎在垂直地降下，在人行道和空旷的大街上铺下了一层雪白的软垫。看不见一个行人，听不到一个声音，街灯在忧郁、无用地闪烁着。我跑了两百来步，来到十字路口，站下了。

"她去哪儿了？我为什么要追她呢？为什么？跪倒在她的面前，悔过地痛哭，吻她的脚，乞求原谅！我想这样。我的整个胸膛被撕成了碎片，我永远、永远也不会无动于衷地回忆起这一时刻。但是，为什么呢？"我不由得想道，"难道，我因为今天吻了她的脚，明天就不会仇恨起她来吗？难道我能给她幸福？难道我今天不是第一百次地看清了自己值几个钱吗？难道我不会折磨死她吗！"

我站在雪地中，看着朦胧的昏暗，想着这一点。

"那不更好些吗？那不更好些吗？"回到家里之后，我还在幻想，在用这些幻想压抑心中活生生的剧痛。"那不更好些吗？如果此时她永久地带走了屈辱？屈辱，这可是一种净化；这是一种最锐利、最痛苦的意识！不然明天我也许会玷污她的灵魂，劳累她的心。而屈辱如今却永远不会在她的心中消失，无论等待着她的那片泥泞多么肮脏——屈辱却使她升华，使她净化……以仇恨的方式……嗯……也许，还以宽恕的方式……不过，由于所有这一切她将会感到轻松些吗？"

而事实上，我此刻是自己给自己提出了一个无聊的问题：什么更好一些呢？是廉价的幸福，还是崇高的苦难？是的，什么更好一些呢？

当我那天晚上坐在家里，由于内心的痛苦而半死不活的时候，我就这样幻想着。我还从未领受过这样多的苦难和悔恨；不过在我跑出住所时，对我不会从半道上返回家这一点难道能有任何的怀疑吗？后来我再也没有见过丽莎，也没有听到任何关于她的消息。我还要补充一句，很长一段时间里，我都因说过屈辱和仇恨如何有好处那句话而自满得意，尽管，我自己当时几乎由于忧愁而得病。

甚至在此刻，那么多年过后，回忆起这一切，我仍觉得非常地不好。我如今回忆起许多事情来，都觉得不好，但是……是否该就此结束《手记》呢？我感到，我动手写了这篇《手记》，是犯了一个错误。至少，我一直在写这个故事，这使我感到羞愧；也许，这已不是文学，而是一种感化性的惩罚。要知道，比如说，叙述几个长长的故事，说我如何虚度了自己的一生，由于角落中精神的堕落、环境的缺陷、与活生生的一切的脱离和地下室中虚荣的怨恨——真的，这会是兴味索然的；小说中要有主人公，可是在这里，却有意地集中了一位反主人公的所有特征，而主要的是，所有这一切都会引发出不愉快的印象，因为我们每个人都或多或少地脱离了生活，都是瘸腿的。甚至，我们过分地远离生活，以至于会立即感觉到对真正的"活生生的生活"的某种厌恶，因此，当人们向我们提起那生活时，我们便会无法忍受。要知道，我们竟走到了这样的境地，我们几乎将"活生生的生活"当成了劳动，当成了职业，我们也全都暗自赞同按书本行事要更好一些。我们为何蠕动,为何胡闹,为何请求?我们自己也不知道。如果我们胡闹的要求得到履行,我们将会更糟。喏,试一试吧,喏,比如说,给我们更多的自主性,解开我们中间任何一个人的双手,放宽他的活动范围,减轻管束,于是,我们……我向你们保证,我们会立刻请求再返回到管束之中去。我知道,你们也许会因此而生我的气,你们会跺着脚喊道:"您说的是您自己一个人,说的是您那些地下室里的渺小可怜的情况,可您不敢说'我们大家'。"对不起,先生们,要知道,我并不是在用这个大家替自己辩护。至于说我在这里谈的是我自己,要知道,我不过是在我的生活中达到了极端,而你们却连我的一半也不敢达到。而且,你们还将自己的胆怯当作明智,并以此来自我安慰、自我欺骗。这样一来,也许,我结果会比你们"更活生生一些"。请你们更仔细地看一看吧!要知道,我们甚至不知道,那活生生的一切如今生活在何处,它是什么样子的,它叫什么名字。把我们单独留下,不带书本,我们立刻就会迷失方向、不知所措——我们不会知道,我们将奔向何方,我们将依靠什么,我们将爱什么、恨什么,我们将尊重什么、蔑视什么。我们甚至耻于做一个人,做一个真正的、有着自己血肉的人。我们会为此而羞愧,会视此为耻辱,并竭力要去做一种不曾有过的一般的人。我们是死胎,而且我们早已不是活生生的父亲所生,我们为此而越来越感到高兴。我们对此产生了兴趣。很快我们会想出怎样从观念中诞生。但是,够了;我不想再写这《地下室手记》了……

不过,这位奇谈怪论者的《手记》至此仍未结束。他没有停下,还在继续地写。但是我们却认为,可以在这里打住了。

汉译文学名著

第一辑书目（30种）

伊索寓言	〔古希腊〕伊索著　王焕生译
一千零一夜	李唯中译
托尔梅斯河的拉撒路	〔西〕佚名著　盛力译
培根随笔全集	〔英〕弗朗西斯·培根著　李家真译注
伯爵家书	〔英〕切斯特菲尔德著　杨士虎译
弃儿汤姆·琼斯史	〔英〕亨利·菲尔丁著　张谷若译
少年维特的烦恼	〔德〕歌德著　杨武能译
傲慢与偏见	〔英〕简·奥斯丁著　张玲、张扬译
红与黑	〔法〕斯当达著　罗新璋译
欧也妮·葛朗台 高老头	〔法〕巴尔扎克著　傅雷译
普希金诗选	〔俄〕普希金著　刘文飞译
巴黎圣母院	〔法〕雨果著　潘丽珍译
大卫·考坡菲	〔英〕查尔斯·狄更斯著　张谷若译
双城记	〔英〕查尔斯·狄更斯著　张玲、张扬译
呼啸山庄	〔英〕爱米丽·勃朗特著　张玲、张扬译
猎人笔记	〔俄〕屠格涅夫著　力冈译
恶之花	〔法〕夏尔·波德莱尔著　郭宏安译
茶花女	〔法〕小仲马著　郑克鲁译
战争与和平	〔俄〕列夫·托尔斯泰著　张捷译
德伯家的苔丝	〔英〕托马斯·哈代著　张谷若译
伤心之家	〔爱尔兰〕萧伯纳著　张谷若译
尼尔斯骑鹅旅行记	〔瑞典〕塞尔玛·拉格洛夫著　石琴娥译
泰戈尔诗集：新月集·飞鸟集	〔印〕泰戈尔著　郑振铎译
生命与希望之歌	〔尼加拉瓜〕鲁文·达里奥著　赵振江译
孤寂深渊	〔英〕拉德克利夫·霍尔著　张玲、张扬译
泪与笑	〔黎巴嫩〕纪伯伦著　李唯中译
血的婚礼——加西亚·洛尔迦戏剧选	〔西〕费德里科·加西亚·洛尔迦著　赵振江译
小王子	〔法〕圣埃克苏佩里著　郑克鲁译
鼠疫	〔法〕阿尔贝·加缪著　李玉民译
局外人	〔法〕阿尔贝·加缪著　李玉民译

第二辑书目（30种）

枕草子	〔日〕清少纳言著	周作人译
尼伯龙人之歌	佚名著	安书祉译
萨迦选集		石琴娥等译
亚瑟王之死	〔英〕托马斯·马洛礼著	黄素封译
呆厮国志	〔英〕亚历山大·蒲柏著	李家真译注
波斯人信札	〔法〕孟德斯鸠著	梁守锵译
东方来信——蒙太古夫人书信集	〔英〕蒙太古夫人著	冯环译
忏悔录	〔法〕卢梭著	李平沤译
阴谋与爱情	〔德〕席勒著	杨武能译
雪莱抒情诗选	〔英〕雪莱著	杨熙龄译
幻灭	〔法〕巴尔扎克著	傅雷译
雨果诗选	〔法〕雨果著	程曾厚译
爱伦·坡短篇小说全集	〔美〕爱伦·坡著	曹明伦译
名利场	〔英〕萨克雷著	杨必译
游美札记	〔英〕查尔斯·狄更斯著	张谷若译
巴黎的忧郁	〔法〕夏尔·波德莱尔著	郭宏安译
卡拉马佐夫兄弟	〔俄〕陀思妥耶夫斯基著	徐振亚、冯增义译
安娜·卡列尼娜	〔俄〕列夫·托尔斯泰著	力冈译
还乡	〔英〕托马斯·哈代著	张谷若译
无名的裘德	〔英〕托马斯·哈代著	张谷若译
快乐王子——王尔德童话全集	〔英〕奥斯卡·王尔德著	李家真译
理想丈夫	〔英〕奥斯卡·王尔德著	许渊冲译
莎乐美 文德美夫人的扇子	〔英〕奥斯卡·王尔德著	许渊冲译
原来如此的故事	〔英〕吉卜林著	曹明伦译
缎子鞋	〔法〕保尔·克洛岱尔著	余中先译
昨日世界：一个欧洲人的回忆	〔奥〕斯蒂芬·茨威格著	史行果译
先知 沙与沫	〔黎巴嫩〕纪伯伦著	李唯中译
诉讼	〔奥〕弗兰茨·卡夫卡著	章国锋译
老人与海	〔美〕欧内斯特·海明威著	吴钧燮译
烦恼的冬天	〔美〕约翰·斯坦贝克著	吴钧燮译

第三辑书目（40种）

埃达	〔冰岛〕佚名著	石琴娥、斯文译
徒然草	〔日〕吉田兼好著	王以铸译
乌托邦	〔英〕托马斯·莫尔著	戴镏龄译
罗密欧与朱丽叶	〔英〕莎士比亚著	朱生豪译
李尔王	〔英〕莎士比亚著	朱生豪译
大洋国	〔英〕哈林顿著	何新译
论批评 云鬈劫	〔英〕亚历山大·蒲柏著	李家真译注
论人	〔英〕亚历山大·蒲柏著	李家真译注
亲和力	〔德〕歌德著	高中甫译
大尉的女儿	〔俄〕普希金著	刘文飞译
悲惨世界	〔法〕雨果著	潘丽珍译
安徒生童话与故事全集	〔丹麦〕安徒生著	石琴娥译
死魂灵	〔俄〕果戈理著	郑海凌译
瓦尔登湖	〔美〕亨利·大卫·梭罗著	李家真译注
罪与罚	〔俄〕陀思妥耶夫斯基著	力冈、袁亚楠译
生活之路	〔俄〕列夫·托尔斯泰著	王志耕译
小妇人	〔美〕路易莎·梅·奥尔科特著	贾辉丰译
生命之用	〔英〕约翰·卢伯克著	曹明伦译
哈代中短篇小说选	〔英〕托马斯·哈代著	张玲、张扬译
卡斯特桥市长	〔英〕托马斯·哈代著	张玲、张扬译
一生	〔法〕莫泊桑著	盛澄华译
莫泊桑短篇小说选	〔法〕莫泊桑著	柳鸣九译
多利安·格雷的画像	〔英〕奥斯卡·王尔德著	李家真译注
苹果车——政治狂想曲	〔英〕萧伯纳著	老舍译
伊坦·弗洛美	〔美〕伊迪斯·华尔顿著	吕叔湘译
施尼茨勒中短篇小说选	〔奥〕阿图尔·施尼茨勒著	高中甫译
约翰·克利斯朵夫	〔法〕罗曼·罗兰著	傅雷译
童年	〔苏联〕高尔基著	郭家申译
在人间	〔苏联〕高尔基著	郭家申译
我的大学	〔苏联〕高尔基著	郭家申译

地粮	〔法〕安德烈·纪德著	盛澄华译
在底层的人们	〔墨〕马里亚诺·阿苏埃拉著	吴广孝译
啊，拓荒者	〔美〕薇拉·凯瑟著	曹明伦译
云雀之歌	〔美〕薇拉·凯瑟著	曹明伦译
我的安东妮亚	〔美〕薇拉·凯瑟著	曹明伦译
绿山墙的安妮	〔加〕露西·莫德·蒙哥马利著	马爱农译
远方的花园——希梅内斯诗选	〔西〕胡安·拉蒙·希梅内斯著	赵振江译
城堡	〔奥〕弗兰茨·卡夫卡著	赵蓉恒译
飘	〔美〕玛格丽特·米切尔著	傅东华译
愤怒的葡萄	〔美〕约翰·斯坦贝克著	胡仲持译

第四辑书目（30种）

伊戈尔出征记		李锡胤译
莎士比亚诗歌全集——十四行诗及其他	〔英〕莎士比亚著	曹明伦译
伏尔泰小说选	〔法〕伏尔泰著	傅雷译
海上劳工	〔法〕雨果著	许钧译
海华沙之歌	〔美〕朗费罗著	王科一译
远大前程	〔英〕查尔斯·狄更斯著	王科一译
当代英雄	〔俄〕莱蒙托夫著	吕绍宗译
夏洛蒂·勃朗特书信	〔英〕夏洛蒂·勃朗特著	杨静远译
缅因森林	〔美〕梭罗著	李家真译注
鳕鱼海岬	〔美〕梭罗著	李家真译注
黑骏马	〔英〕安娜·休厄尔著	马爱农译
地下室手记	〔俄〕陀思妥耶夫斯基著	刘文飞译
复活	〔俄〕列夫·托尔斯泰著	力冈译
乌有乡消息	〔英〕威廉·莫里斯著	黄嘉德译
生命之乐	〔英〕约翰·卢伯克著	曹明伦译
都德短篇小说选	〔法〕都德著	柳鸣九译
无足轻重的女人	〔英〕奥斯卡·王尔德著	许渊冲译
巴杜亚公爵夫人	〔英〕奥斯卡·王尔德著	许渊冲译
美之陨落：王尔德书信集	〔英〕奥斯卡·王尔德著	孙宜学译
名人传	〔法〕罗曼·罗兰著	傅雷译
伪币制造者	〔法〕安德烈·纪德著	盛澄华译
弗罗斯特诗全集	〔美〕弗罗斯特著	曹明伦译

弗罗斯特文集	〔美〕弗罗斯特著	曹明伦译
卡斯蒂利亚的田野：马查多诗选	〔西〕安东尼奥·马查多著	赵振江译
人类群星闪耀时：十四幅历史人物画像	〔奥〕斯蒂芬·茨威格著	高中甫、潘子立译
被折断的翅膀：纪伯伦中短篇小说选	〔黎巴嫩〕纪伯伦著	李唯中译
蓝色的火焰：纪伯伦爱情书简	〔黎巴嫩〕纪伯伦著	薛庆国译
失踪者	〔奥〕弗兰茨·卡夫卡著	徐纪贵译
获而一无所获	〔美〕欧内斯特·海明威著	曹明伦译
第一人	〔法〕阿尔贝·加缪著	闫素伟译

图书在版编目(CIP)数据

地下室手记/(俄罗斯)陀思妥耶夫斯基著；刘文飞译.—北京：商务印书馆，2023（2025.8 重印）
（汉译世界文学名著丛书）
ISBN 978-7-100-22130-6

Ⅰ.①地… Ⅱ.①陀… ②刘… Ⅲ.①中篇小说—俄罗斯—近代 Ⅳ.① I512.44

中国国家版本馆 CIP 数据核字（2023）第 042023 号

权利保留，侵权必究。

汉译世界文学名著丛书
地下室手记
〔俄〕陀思妥耶夫斯基　著
刘文飞　译

商务印书馆出版
（北京王府井大街36号　邮政编码100710）
商务印书馆发行
北京中科印刷有限公司印刷
ISBN 978-7-100-22130-6

2023年6月第1版　　开本 850×1168　1/32
2025年8月北京第2次印刷　印张 5 7/8
定价：48.00元